文春文庫

京都感傷旅行《センチメンタル・ジャーニー》

十津川警部シリーズ

西村京太郎

文藝春秋

目次

初出誌　「オール讀物」平成29年5月号〜11月号
単行本　平成30年4月　文藝春秋刊

本作品には実在する地名、人名、団体名が登場しますが、ストーリーはすべてフィクションです。

京都感傷旅行《センチメンタル・ジャーニー》

十津川警部シリーズ

第一章　祇園祭

1

差出人のところに、西野京子《にしのきょうこ》の名前を見るのは十年ぶりだった。
沢田秀一《さわだしゅういち》は、便箋に書かれた文章の方に眼を移した。

「皆さんとの電話での打ち合わせを重ねた結果、ようやく皆さんを、京都の私の店、『料亭旅館京子』にご招待できることになりました。
私も、いよいよ今年の九月には六十歳、還暦を迎えます。ここに来て一人の生活にも慣れ、第二の人生を楽しんで生きていこうと、思えるようになりました。その先駆けのように、皆さんと十年ぶりにお会いできることを、今からとても楽しみにしております。

祇園祭の前祭をはさんでの一週間を、皆さんと昔の思い出などを語り合いながら、思いっきり楽しみたいと思っております。

今も皆さん宛の招待状を書きながら、遠い昔の大学時代のさまざまな思い出を、嚙み締めております。

では、十年ぶりの再会を楽しみにしております」


これが西野京子からの招待状の全文だった。

読み終わったところで、沢田は自然に目を閉じていた。

K大の学生だった頃、小学生の時から鉄道が好きだった沢田は、同窓の五人の仲間たちと鉄道友の会を作っていた。六人で鉄道旅行を楽しむ会とはいっても、学生の六人には金にゆとりがないので、秘湯めぐりと称して、僻地にある、安い温泉旅館を泊まり歩いたりしていた。

そんな学生生活の中で最終学年の三カ月間、沢田は、同じ鉄道友の会の会員だった西野京子と、三鷹駅近くのアパートで同棲生活を送っていた。

気の強い京子としょっちゅうケンカをしながらも、三カ月間よく続いたと、感心しながらも今は甘ずっぱい思い出になっている。

全員が卒業した後、六人はバラバラになったが、それでも、一年に一回、誰かが世話役を買って出て、鉄道旅行を続けていたのだが、それも、結婚をしたり子供ができたりして、やがて一年に一回が二年に一回になり、そのうちに、集まることもなくなってしまったのは、ある不幸な事件が、東京で起こったからだ。

今でも、会員同士、その出来事について触れることは、タブーになっている。

全員が、最後に、集まったのは、今から十年ほど前である。不幸な事件から少し経った頃、京都に住んでいた京子からの手紙を受け取って、六人、いや、それまでに、一人亡くなっていたから、五人が京都に集まった。

その時の手紙の差出人の名前は、西野京子ではなく、加藤京子である。彼女は、石《いし》塀《べ》小路《こうじ》にある実家の料亭旅館の若女将になると同時に、加藤という、同じ京都の旅館の次男坊と夫婦になったのである。十年前その加藤が亡くなった時の手紙だった。

沢田たちは、京都まで行き、葬式に参列した。

その後、一人になった京子、旧姓、西野京子に戻った彼女が、どんな生活を送っていたのか、沢田にも分からなかった。

だが、還暦を前後にして、誰からということもなく、もう一度、みんなで、集まろうということになったのである。

ほとんど電話だけの打ち合わせが何度となく続き、京子がやっている京都・石塀小路の料亭旅館に、集まることになったのだった。

その間、京子を除く四人は、それぞれ、家庭を、持っていた。沢田はK大を卒業すると、K大の大学院に進み、その後、母校のK大で交通学を、教えるようになった。三十二歳の時に結婚し、すぐ長男が生まれた。その長男も、現在は結婚し、同じK大で経済学を、教えている。

ただ、妻の美津子《みつこ》は現在五十九歳だが、七、八年前から若年性認知症を患い、現在、症状が少しずつ進んでいて、京都の西野京子から招待状をもらっても、行けるかどうか分からなかった。

それが近くに住む息子夫婦が、お母さんの面倒は一週間、自分たちが見るから、息抜きに、京都に行ってらっしゃいと勧めてくれた。おかげで沢田は、久しぶりに京子に会ってみたいという思いで京都に行ってみる気になったのである。

2

現在、沢田は東京に住み、西野京子は京都に住んでいる。

他の三人のうち、東京に住んでいるのは、男性二人である。

長谷川勝昭《はせがわかつあき》はK大を卒業した後、会社勤めはせず、墨田区内で家業のステーキの店を継ぎ、現在は「ステーキハウス長谷川」の主人におさまっていた。

彼は「ステーキハウス長谷川」の三代目で、結婚して生まれた長男が、まもなく結婚するので、四代目を継いで貰うことに決めたと嬉しそうに沢田に話したことがあった。

四人目の三浦正之《みうらまさゆき》は、大学時代、工学部に所属していて、沢田たち鉄道友の会の中では一番の勉強家だった。大学時代に国家公務員試験を受けて合格し、卒業後は運輸省に入省して、現在は国土交通省の局長のポストにいるという。

都内で三浦と会った時、長谷川が、

「われわれの中では、君が一番の出世頭だな」

というと、三浦は、笑って、

「役人というのは、最高の出世頭が事務次官で、一人しかいない。俺は今、局長だが、おそらく事務次官には、なれずに定年を迎えてしまうだろう。そうなると役人というのは、潰しがきかないからね。どこかの小さな市の市会議員になるぐらいがせいぜいだから、今住んでいる東京の調布市内で顔を売っているんだ」

と、いった。

最後の五人目は、金子《かねこ》伸子《のぶこ》である。

伸子はK大を卒業後、五年間は、沢田たちと一緒に、旅行を楽しんでいたが、五年後には、さっさと、商社マンと結婚してしまい、夫の転勤で世界中を移動していた。

その金子伸子は五年前に夫を病気で失い、一人娘はアメリカ人と結婚して、現在はニューヨークに住んでいて、彼女自身は横浜で、ひとり暮しだった。最近もらった手紙では、五十代最後の独身を楽しんでいますと書いていた。

七月の十五日に、五人は京都の石塀小路にある「料亭旅館京子」に集まることになっていた。

しかし、その日の朝になっても、沢田は、京都に行くかどうかまだ迷っていた。ここに来て、妻の美津子の認知症の程度が強くなり、時たま徘徊が出てきてしまったからである。それを知っているだけに、美津子を置いて自分一人だけが、京都での一週間を楽しもうという気には、なかなかなれないのである。

息子の大輔《だいすけ》夫婦が、そんな沢田を励ますように、

「心配しなくても大丈夫ですよ。一週間ぐらい僕たち夫婦で、しっかり面倒を見ます

からね」

と、いってくれた。

「たまになんだが、最近は、徘徊が出てきているんだ」

と、沢田が、いうと、

「それも、知っています。とにかく、お母さんのことは、僕たちに任せて、一週間、のんびりとお友だちと、京都を楽しんできてください」

と、笑顔でいって、息子の大輔も、嫁の由紀《ゆき》も、沢田を、送り出してくれた。

沢田は、京都までの新幹線の時間を確認してから、午前九時に家を出た。

タクシーで東京駅まで行き、下りの東海道新幹線のホームに上がっていくと、長谷川から声をかけられた。

「偶然、一緒になれたね」

と、沢田が、いうと、長谷川は、笑って、

「還暦を迎えて、少しボケたんじゃないのか？　毎日いろいろと忙しいので、俺に、新幹線の切符を買っておいてくれと頼んだのは、君じゃないか。だから、一緒の列車になるのは当たり前だ」

と、いった。

たしかに、長谷川に、切符の手配を頼んだのである。沢田は、そのことをすっかり、忘れてしまっていたのだ。

「やっぱり歳かな」

と、沢田も、笑った。

十年ぶりの会だというので、京都に行く沢田たちは、グリーンを選んでいる。九号車の一番後ろの席に並んで、腰を下ろすと、

「この一番後ろの席というのは、最近では取るのが、難しいんだよ」

と、長谷川が、いった。

たしかに、沢田も、大学で交通学を教えているので、新幹線では、真ん中の席よりも車両の一番先頭か、あるいは、一番後ろの席から売れていくということは知っていた。

老人社会になって、出入口や、あるいはトイレに近い座席が先に買い占められていくのを、沢田も感じていた。改めて、日本が老人社会になったことを実感させられる瞬間だった。

車内販売が来たので、二人は缶ビールと、おつまみの柿の種を買って、ゆっくりと、飲み始めた。

「残りの二人は、どうしているんだ？　二人からも、切符を買っておいてくれと頼まれていたんじゃないのか？」

と、沢田が、聞く。

「あの二人は、何しろ、三浦のほうが国土交通省の局長だからね。いつだって部下に新幹線の切符を手配させることができるんだ。だから、金子伸子の分も、三浦が用意してやったらしいよ」

と、長谷川が、いった。

「そういえば、三浦が国土交通省を定年退職したら、選挙に打って出るというのは、本当の話なのか？」

と、沢田が、聞く。

「それは本気の話らしいね。今、三浦は、東京都の調布市に住んでいる。局長を定年退職したら、たいていの役人というのは、政界へと出ていくらしいんだ。三浦の奴も、その伝で市会議員の座を狙っているらしい。だから、調布市で何かあると必ず顔を出して、とにかく名前を売っているそうだ。ただ、あいつは、ここに来て政府参考人として国会に呼ばれて、一カ月間、議員の質問攻めにあったらしい。そのためかもしれないが、血圧が高くなってしまってね。健康に注意しなさいと、掛かりつけの医者に、いわれるそうだ。毎日、血圧降下剤を飲みなさいといわれたらしい」

と、長谷川が、いう。

そういえば、沢田自身も、昔は健康には自信があったのだが、先日、定期健診を受けたら、糖尿の気《け》があるから食事には、くれぐれも注意しなさいと、医者に、いわれてしまった。

「君は健康で、心配することは何もないんだろう？　血色もいいし、健康そのものじゃないか？」

と、沢田が、いうと、長谷川は、クスクス笑って、

「今までは病気一つしたことがなくて、健康には、自信があったんだがね。今、家業のステーキハウスの三代目の主人になって業界団体の役員もやっているから、何かというと会合があって、それに、出たりしているんだが、腰が痛くなったり、肩が痛くて腕が上がらなくなったりしている。六十歳は還暦というが、老人の始まりかもしれないな」

と、いった。

ふと、沢田は、認知症の妻のことを思い出した。

妻の美津子も、大学時代はテニスの選手で、同窓生の中では一番の元気者だった。

それが今では、認知症である。

長谷川は、缶ビールを飲み干すと、ポケットから手紙を取り出した。京都の西野京子から四人に送られてきた手紙である。

沢田が、何気なく見てみると、それは明らかに、パソコンで打ったものだった。

（私にだけペンで書いた手紙を送ってきたのか？）

と、沢田は、思った。

それがどうということでもないのだがそんなことを考えるのが楽しいような、怖いような気がして、長谷川に、

「僕は、その手紙を家に忘れてきてしまったので、ちょっと、見せてくれないか」

と、いった。

忘れてきたというのはウソである。

「ああ、いいよ」

と長谷川が、手紙を渡してくれる。

沢田は、最初のところから目を走らせた。もし、沢田が受け取った手紙と同じ文章だったら、最初に沢田宛ての手紙を書き、後の三人には、パソコンを使って書いたということになる。

しかし、文章が少し違っていた。

とすれば、沢田に送ってきた手紙だけは、西野京子が特別に、自分で書いたものだということになってくる。

そんな自分の気持ちの動きに自分で照れながら、

「西野京子は今年の九月で六十歳だ。どんな顔になっているのかね？」

と、沢田が、いった。

「君は、最近の彼女を、見ていないのか？」

と、長谷川が、聞く。

「ああ、十年ほど前に京都で、彼女の夫の葬式に参列したことがあったじゃないか。あの時以来、会ってないんだ」

と、沢田が、いった。

「俺は一カ月前、彼女に会ったよ」

と、長谷川がいう。

「打ち合わせで会ったのか？」

「そうだ。ちょうど関西で同業者の会合があってね。俺は、東京地区のステーキ組合の役員だから、関西に行ったついでに彼女の料亭に寄ってみたんだ」

「どうだった？」

「もうすぐ還暦だといっているが、今でも十分きれいだよ。昔に比べれば、ちょっと太ったかな。でも、彼女は、もともと色白で、着物を着ていたせいもあるのかもしれないが、典型的な、京美人という感じだった。彼女に会ったら君も、惚れ直してしまうかもしれないぞ」

長谷川が、からかうような感じで、いった。

長谷川は、大学時代に沢田が三カ月間、京子と同棲していたことを、知っていたからである。

「これが、その時に撮った、彼女の写真だ。きれいだろう？」

長谷川は、携帯を取り出すと、そこに保存している西野京子の写真を、沢田に見せてくれた。

写っていた西野京子は、たしかに、若やいで見えた。

沢田は、自分宛ての彼女の手紙に、九月には六十歳、第二の人生を楽しみたいと書かれてあったことを思い出した。笑顔の京子は六十歳を迎えるにあたって、今からそれを楽しみにしているように見える。

沢田は、大学時代に、同棲していた京子に誘われて、夏休みに京都の実家に行った

 こともあった。

それを現在、彼女が引き継いで、自分の名前、京子を店の名前にもしている。両親の跡を継ぐことに、それだけ必死なのだろう。

「彼女、あの店をどうするつもりなのかな？」

と、長谷川が、いう。

沢田が黙っていると、

「ご主人が、十年前に亡くなって、今のところ、彼女は独身だからね。誰か、婿さんでももらわないと、女一人で、あの店を、やっていくのは大変だよ」

と、長谷川が、いい、なおも沢田が黙っていると、

「君が結婚していなかったら、あの店の主人になったら、いいんじゃないかと、そんなことも、考えたんだが、残念ながら、君には奥さんがいたな」

と、長谷川が、いった。

「そうだよ。僕には、ずっと前から、女房がいるよ」

と、笑いながら、沢田が、いった。

ただ、現在、妻の美津子が、認知症になり、病と闘っていることは、他の誰にも話していない。これからもいわないつもりである。

3

京都駅のホームには、和服姿の京子が迎えに来ていた。

沢田は、京子の着物姿を見るのは初めてだった。大学時代の三カ月間、彼女と同棲生活を送っていた時には、一度も、着物を着たことはなかったし、十年前の葬儀の時にも、彼女が着ていたのは、着物ではなく黒い洋服だった。

今、目の前にいる京子は、鮮やかな萌黄色の無地の着物を着ている。

(彼女は、こんなに着物の似合う女性だったのか)

という思いになっている。

「あとの二人はどうしているの？　まだ来ていないのかな？」

と、長谷川が、聞いた。

京子は、二人を、駅の出口へと案内しながら、

「伸子さんは、まだ見えていませんけど、三浦さんは、昨日から来て、グランドホテルに泊まっていますよ」

と、いう。

「三浦は、何で一日前に、こちらに、来たんだろう？」

沢田が、聞くと、京子は、

「よく分かりませんけど、何でも調布でお祭りがあるとかで、知り合いの調布の人たちに、それに合わせて京都のお土産を買って送りたいんですって。それも送りたい人が百人もいて、それを、京都のデパートに注文しに行くので、昨日のうちに来たんだと、そういっていましたよ」

「そうか、三浦は、選挙運動をもうやっているんだ」

と、長谷川が、いう。

「しかし、まだ定年にはなっていないだろう？」

と、沢田が、いった。

「それが、三浦さんがいうには、定年までは待っていられないので、その前にお役所を、辞めることも考えているんですって。一刻も早く調布市の市議会議員選挙に立候補したいんだと、そういってましたよ。そんな話を聞くと、お役人というのも、楽じゃないなと思ったんですけどね」

と、いって、京子も笑った。

京子が二人を案内したのは、石塀小路の自分の店ではなくて、京都駅近くの、グランドホテルのロビーだった。

昨日から三浦が泊まっていたホテルだ。

ロビーでコーヒーを飲みながら待っていると、エレベーターで、三浦が、降りてきた。

三浦は、右手を、小さく振りながら、三人のテーブルにつくと、

「昨日、デパートから、百個のお土産を送るので、百人分の宛て名を、書くだけで手が痛くなってね」

と、いった。

「お役人も大変だね」

と、長谷川が、いう。

「事務次官になれればいいんだが、事務次官になれるのは、各役所でたった一人だからね。狭き門なんだ。役人はいい商売だという人がいるが、そんなのはウソだよ。定年退職後の行き先は、難しいんだ。昔みたいに、天下りが、平気で許されるのなら楽なんだが、今の時代は、そうじゃないからね。私なんかは、せいぜい地元の市会議員になるぐらいしか道がないんだよ」

と、三浦はいい、彼も、コーヒーを注文した。

コーヒーを飲んでいる間に、沢田は、息子夫婦に預けてきた妻のことが、また心配になってきた。

最近、認知症の症状が、とみにひどくなってきた美津子は、ニコニコしていることもあるが、それが突然、無表情になって、目の色が違ってくる瞬間がある。そんな時、美津子が、次にどんな行動を取るのかが分からなくて、沢田は、いつも、緊張してしまうのである。

そんなことを、考えていると、

「それじゃあ、そろそろ、行きましょうか」

と、京子が席を立ち、沢田も、妻の美津子の顔を、吹き消すように、勢いよく立ち上がった。

京子が乗ってきたワンボックスカーに三人が乗って、グランドホテルを、出発した。

相変わらずというか、祇園祭が近いこともあって、車の窓から見ていると、どの通りも人で溢れている。特に目立つのは外国人の姿だった。

また、昔の京都は、古都といわれて、コンビニやスーパーの進出を許されなかったのだが、今は、普通の都市のように、コンビニもスーパーもあるし、その上、吉野家やアメリカのカフェが、進出してきている。そんな通りを、子供を連れた外国人が、颯爽と歩いていたりするのである。

それでも、石塀小路に入ると、観光客の姿は途端に少なくなった。石塀小路という名前は有名だが、その石塀小路に、京都の名所旧蹟があるわけではない。

石塀小路にある住居は、外観をカフェや料亭に見せてはいけないということがあって、初めて、石塀小路を訪れた観光客にいわせると、店らしきものは、見当らない。中は、バーやクラブに改造してもいいが、表は普通の家らしくしておかなければいけないのだ。

京子のやっている料亭旅館も、玄関は一見、普通の家のように見える。よく見れば「料亭旅館京子」という看板が、掛かっているのだが、小さくて、目立たないので、外観からは、普通の二階建ての家にしか、見えないのである。

店の中に入ると、沢田たち三人に、京子が、五十代の料理人を紹介してくれた。その他には、若い女性のお手伝いさんが四人いて、そのうちの一人は料理人と夫婦だった。

沢田たちは、一風呂浴びてから、用意された浴衣に着替えて、風通しのいい中庭に面したお座敷に集まった。明日からの予定を京子が説明した。

「明日は、祇園祭の宵山《よいやま》だから、全員揃いの浴衣で、四条通りあたりに、繰り出しましょうよ。四条通りは堀川通りまで歩行者天国になるから、考え方によっては、祇園祭よりも、楽しいという人もいるの」

と、京子が、いった。

「その後は、京都にできた、鉄道博物館に行ってみたいね。何といっても、俺たちは、鉄道友の会のOBとOGなんだから」

と、長谷川が、いった。

「料亭旅館京子」は、一階が料亭になっていて、二階は小さな部屋が並んだ、旅館になっている。

「明日に備えて、今晩は、ゆっくりお休みください」

という京子の言葉で、三人は、それぞれ与えられた部屋に入った。

すぐ、沢田は、東京の息子夫婦に、電話をかけた。

「美津子は、どうしている？　どんな様子だ？　大丈夫か？」

と、聞くと、息子の大輔が、

「大丈夫です。大人しくしていますよ。さっき三人でカラオケをやっていたんですよよ。お母さんは、昔の歌を、よく覚えていて、メロディーもはっきりしていたので、ビックリしました。あの調子だったら、認知症もだんだん、よくなるんじゃありませんか？」

そんなことを、いった。

「とにかく一週間頼むよ。何かあったら知らせてくれ。すぐに帰るから」

と、いって、沢田は、電話を切った。

沢田は、お手伝いさんが、敷いてくれた布団に横になったが、ぼんやりと、部屋の中を見回していて、床の間に、目が行くと、

（あれ？）

と、思った。

そこに活けてあった花が、サルスベリの花だったからである。それは、否応なしに、大学時代、京子と三カ月の間、同棲していた頃のことを、思い出させた。

沢田は、なぜか、その頃から、サルスベリの花が好きだった。京都生まれで、昔から生け花の素養があった京子は、

「サルスベリが、好きだなんて珍しいわ。変わっているわね」

と、いいながらも、三カ月同棲している間、彼女は時々、サルスベリの花を、活けてくれていたのである。

だから、沢田は、その頃のことを思い出したのだ。

他の部屋にも同じように、サルスベリの花を、床の間に活けてあるとは思えなかった。一階の食堂を飾っていた花は、鮮やかな桔梗だったし、店の入り口に、飾ってあった花は、ゆりだった。

沢田は寝転んだまま、しばらく床の間のサルスベリの花を、見つめていた。白いかれんな花だった。

京子が、この部屋にだけ、サルスベリの花を活けてくれたのだろう。それは、大学時代の沢田との同棲生活を思い出してのことだろう。

それを彼女自身は、どんなふうに、思い出しているのか？

沢田にとっては、甘美な想像である。

しかし、途中から、その想像を、振り払おうとした。東京で認知症に苦しんでいる妻の美津子のことを、思い出すからだった。

4

翌日、七月十六日は、宵山である。

この日は、いつもは着物を着ない京都の人たちも、揃いの浴衣を着て、車が入ってこなくなった四条通りを、下駄を鳴らしながら歩き回る。

町内のところどころに、明日の神幸祭で、大通りを練り歩く神輿や、山鉾《やまほこ》が飾ってあって、それを見に行く人も、多かった。今夜は自由に触れるのだ。

その日の夕方、到着が遅れていた伸子もやってきた。夕食を料亭旅館京子で取った後、五人全員が、用意された浴衣に着替え、下駄を履いて、賑やかな四条通りに出かけた。

デパートや銀行などは、早くから店を閉めていて、その店の前には、今夜だけは、さまざまなおもちゃや、祭りの品物を売る夜店が出ていた。子供たちのはしゃぎ声や、客を呼ぶ声が、やたらに甲高い。

最初のうち、沢田たちは揃って、四条通りを歩いていたのだが、途中から伸子の姿が見えなくなった。どこかではぐれてしまったらしいということで、残りの四人は、三十分後に、大丸の前に集まることにして、伸子を、探すことにした。

だが、なかなか見つからず、三十分経ったので、沢田たちが、大丸の前で待っていると、長谷川が、手を振りながらやって来た。

「伸子のことを探すことはないよ」

と、いう。

「どうして？」

と、三浦が、聞く。

「これさ」

と、いいながら、長谷川は、携帯で撮った写真を三人に見せた。

そこには、仲子が、おそらく一回りほど若いだろうと思われる男と、寄り添って歩いている姿が、写っていた。

「ご覧の通り、彼女は、この男と示し合わせて、京都に来ているんだよ。一緒に京都に来ていながら、彼と楽しんでいるんだ。バカバカしい。心配することなんて何もなかったんだ。仲子のことを探すのは、もう止めよう。宿にもどって、酒でも飲もうよ」

ビールで乾杯を終えると、長谷川が、大きな声で、いった。

「ところで、俺たちの中に、ひとり者はいるか？」

長谷川は、続けて、

「俺は、カミさんと二人で、下町のステーキ屋をやっているから資格なし。沢田は、どうなんだ？」

「僕も、家内がいるよ。息子夫婦もだ。だから、資格はない」

「それじゃあ、残りは局長だけか。どうなんだ？」

と、長谷川が、三浦に、聞いた。

「何が？」

「ひとり者かどうか聞いてるんだ」

「実は、二年前に離婚している。だから、今は正真正銘の独身だ。選挙に出るためには、できることなら、夫婦揃っていたほうがいいんだが、六十歳にもなると、そういうおめでたい話というのは、なかなかなくてね。それで、困っているんだ」

と、三浦が、いった。

「それなら、思いきって、京都に来て、京子の婿さんになったらどうなんだ？　調布のような小さな市の市会議員になるよりも、京都のようなでっかい市の、市会議員になるほうが、割りがいいと思うがね」

ちょっと、からかうように、長谷川が、いうと、三浦は、

「そうだな。たしかに、そのほうがいいかもしれないな。考えてみるかな」

と、笑いながら、いった。

その冗談口調に、合わせるようにして、京子が、

「勝手に決めないでくださいよ。私が当事者なんだから。私の意見もちゃんと聞いて

ください」

と、これも、笑いながら、いう。

「それなら、京子は、ここにいる三人の中で誰が好きなんだ？」

三浦が、聞いた。

その瞬間、沢田の脳裏に、まずサルスベリの花が浮かび、そして、妻の美津子の顔が、浮かんで消えた。

「聞くまでもなく、京子の好きな男は決まっているさ」

と、いったのは、長谷川だった。

「俺は知らないぞ」

と、三浦が、いう。

「君は知らないかもしれないが、大学時代、京子と沢田は、同棲していたことがあるんだ」

と、長谷川が、いった。

「本当か？」

と、三浦が、聞く。

「ああ、本当だよ。あの頃偶然、二人が住んでいたアパートに、行ったことがあってね。それでさ、二人が仲良くアパートから出てくるところを見たんだ。あんなに仲がよかったのに、どうして同棲を止めたんだ？」

と、長谷川は、沢田と京子の顔を見比べるようにしてきいた。

沢田が、黙っていると、京子が、

「あれは、私が振ったの」

「どうして？」

「実はね、私は、男よりも女のほうが好きなのよ」

と、いって、京子が笑う。

「ダメだ。正直にいいなさい」

と、笑いながら、長谷川が拳で、京子の額をコツンとぶった。

「そういえば、たしか大学の四年の時だったかな。会う約束をしていたのに、沢田は、突然行けなくなったとか、急に用事ができたからとかいって、俺をすっぽかしたことが何度かあったんだ。その頃は分からなかったけど、そうか、あの時、沢田と京子は、一緒に生活していたのか。今頃になってやっと分かったよ」

と、これも笑いながら、三浦が、いった。

その頃の話をしていると、最初は、四人とも照れ臭そうだったが、いつの間にか若者に戻っていた。

　酒に強い筈の沢田も泥酔し、誰かに背負われて部屋に運ばれ、布団に寝かされていた。

　その日の夜、おそく、何事もなかったかのように、仲子は、石塀小路の旅館に帰ってきた。

　仲子に対して、他の四人は何もいわなかった。彼女にいちいち、文句をいったり、関心を持って、あれこれ質問したりするには、四人とも、あまりに年を取りすぎていたのである。

　翌日は七月十七日、祇園祭の山鉾巡行《やまほこじゅんこう》だった。朝から雲一つない快晴で、京都の町は暑かった。

「いつも、この日は暑いのよ」

　と、朝食の時、京子が、いった。

「だから、京都の夏は、祇園祭から始まるといわれているわ」

　全員が京子の用意した揃いの浴衣を着、揃いの下駄を履いて、祭りを見るために四条通りにあるR銀行に向った。

　その銀行は、京子の取引銀行で、祇園祭の日には業務を休みにして、その代わり、二階を馴染みの客に、開放して、祇園祭の行列を、ゆっくり見やすいように、便宜を図ってくれていた。

R銀行は、ちょうど四条通りと河原町通りの交差点にあって、祇園祭の最大の売り物、それは、竹と水を使って、人力で、山や鉾を方向転換させる、これが祇園祭のハイライトなのだが、それを近くから見られるのである。

そこで、五人の男女は、二階の出窓のところに席を作ってもらい、眼下で行われている山や鉾の華やかな行列を見学する。

交差点の真ん中に、用意した青竹を敷きつめ、その上に水を撒く。山や鉾の車輪をのせ、若者たちがロープで引っ張って方向転換させる。成功すると、見物客の間から、拍手と歓声がわく。

しかし暑い。盆地なので風もない。

この日も雲一つない快晴の天気で、その上、四条通りから河原町通りにかけては、身動きできないような人の波で、埋まっていた。面白いことに、表通りは、見物客で身動きがとれないのだが、一本裏に回ると、ウソのように、人通りがない。誰も彼もが鉾と山の巡行を、見るために、表通りに集まってしまうからである。

大丸の裏手辺りも、表通りの熱気と人の波が、ウソのようにガランとしている。

祭りの行進は、京都らしく、のんびりと、遅い。

六角通りには、生け花の始まりの地といわれる、聖徳太子が、瞑想にふけったことで有名な六角堂がある。

近くに、小さな公園があった。そこにも今日、祇園祭の日には子供の姿はない。住んでいる地元の人も全て、四条通りに出ていって、祇園祭を見物しているからである。

公園のトイレの裏に、若い男の死体が、転がっていたが、祇園祭の間は、誰一人その死体には気がつかなかった。

犬が一匹、入って来て、死体に向って吠えていたが、すぐ、いなくなった。

祇園祭は、ゆっくりと進行する。鉾や山の行列がようやく四条通りから消えると、舗道を埋めていた人たちの群れも、少しずつ崩れていく。

午後四時を過ぎて、小さな公園で、うつ伏せに倒れていた男の死体が、やっと発見された。

その死体は、腹部を二カ所刺されていた。そのための失血死と考えられ、殺人の可能性が高かったので、京都府警本部捜査一課が捜査を開始することになった。

「祇園祭の日に　不粋な男の死体」

と、その夜、ネットニュースが小さく扱った。

しかし、翌日の朝刊では、突然、扱いが大きくなった。

「男の死体は、一条要《いちじようかなめ》氏（三五）と判明。なぜ、生け花の一条流家元の長男が、祇園祭の日に殺されたのか？」

と、書き立てたのである。

京都では、生け花、お茶、日本舞踊などの家元がいて、それぞれに、隠然たる地位を占めている。

そんな京都の生け花の世界でも、一条流は、もっとも古いといわれていた。

朝食の時、京子の方から、

「うちも一条流なんで、本部から、二度も、電話が、入って来てるの」

「警察に聞かれても、何も知らないといえっていうんだろう？」

と、長谷川が、いう。

「そうなんだけど、一条家のうちわ話なんて、実際に何にも知らないのよ」

と、京子が、答える。

三浦は、朝刊に眼をやってから、

「この一条要という人は、家元じゃないんだな？」

「家元は、一条花生《かしよう》先生。この要さんのお父さん」

「じゃ、彼は、何をやってるんだ？」

「確か、写真家で、京都の写真集を出したことがあるわ」

「それなら、売れたろう。何しろ、一条流には、弟子が、数万人いるそうだから、一人が、一冊買っても、数万冊売れるからな」

「でも、この要さんという人は、生れ育った京都に批判的で、写真集も、京都の暗いところばかり撮ってるから、私たちは家元に、買うなといわれていたのよ」

「今、京都の悪口をいうのが、流行ってるんじゃないのか？」

「しかし、写真は別だよ。モロに京都の暗部が写真に出たら、京都人も、敬遠するだろう」

「皆さん」

と、京子が、大きな声を出して、

「いやな事件のことは忘れて、今から、京都でもっとも現代的な場所へ、行きましょう」

「古都に、現代的な場所なんて、あるかね？」

三浦が、いうと、長谷川が、

「京都人というのは、新しいものと、古いものが好きで、中間は駄目なんだ。だから、政治でも、自民党と共産党に投票して、中間の民社党は、支持しなかった」

「ノーパン喫茶を、日本で初めて始めたのも、京都だよ」

「皆さん！　注目して！」

と、京子は、また声を大きくして、

「これから、皆さんを、ご案内したいのは、投票所でも、ノーパン喫茶でもありません。私たちは、大学時代、みんなで、鉄道友の会を作っていたじゃありませんか。今だって、鉄道は、好きなんでしょう？　私も好きですよ」

「わかったぞ」

と、三浦が、ニッコリした。

「今度、京都に生れた鉄道博物館だね？　われらが、鉄道ファンの少年少女だった頃のあこがれだよ」

「行きましょう。私が、車を出してくるから、外出の支度をしていて」

と、いって、京子が立ち上った。

四人が乗り込み、京子の運転する車は、石塀小路を出発した。

沢田と、長谷川は、リアシートに腰を下した。

小路から、大通りに出る。

鉄道博物館は、昔、梅小路機関区と呼ばれていた場所である。

SLを動態保存していることで、ファンには、以前から知られていたが、大宮や名古屋の鉄道博物館などが入場者を集めたことに刺激を受けて、鉄道博物館にリニューアルされた。

この博物館の売りは、最新、最大の鉄道博物館と、ジオラマのレールの長さが、千メートル、ということだろう。

沢田たちは、車を駐車場にとめて、博物館に入って行った。

エントランスの左手、出口の所に、歴史的な古めかしい旧二条駅舎が見えるのは、いかにも古都の鉄道博物館らしい。

入ってすぐの所に、ゼロ系の新幹線や、それまでの車両を並べたさまざまな展示が、ずらりと並んでいた。

沢田たちは、子供に帰った感じで、車両の前で、ポーズをとったり、乗り込んでみたりを繰り返した。

とにかく、展示されている車両の多さに圧倒された。

それは、昔の梅小路機関車庫が改修された場所に来て、クライマックスになる。とにかく、扇形の車庫に、ずらりと、人気の蒸気機関車が、顔を見せていたからである。

C11形の隣りに、9600形が置かれ、D51形とC62形が顔を突き出すように入っている。壮観である。日本が誇る全てのSLがここにはあった。

そのあと、三浦が、腕時計に眼をやって、

「そろそろ、昼メシを食べに行かないか。腹がへったよ」

と、声をあげた。

「昔のブルートレインの食堂車があるから、そこへ行きましょう」

京子が、いい、五人は、ぞろぞろと、その食堂車に向った。

文字通り、ブルートレインの食堂車である。

中には数人の客しかいなかった。

四人がけのテーブルが並んでいる。沢田は、空いている籐椅子《とういす》を一つ持ってきて、五人がけにした。

「何か、好きなものをいって」

と、京子がいった時、突然、三浦が、椅子から、転げ落ちた。そのまま動かない。

びっくりした他の四人が、

「どうしたんだ？」

「大丈夫？」

「しっかりしろ」

声をかけたが、返事をしない。

「救急車を呼んでくれ！」

と、長谷川が、奥の調理場に向って、叫んだ時、一人で食事をしていた若い女が、立ち上って、歩いて来ると、

「私、看護師ですけど、典型的な糖尿病の症状だと思いますよ」

と、声をかけてきた。

「どうしたらいいの？」

京子が、きく。

「その人、症状を自分で気にして、余分のインシュリンを皮下注射で打ったか、薬を飲んで、逆に糖分の不足になったんだと思います。皆さんの中に、甘いもの、飴なん

かを持っている方はいませんか？」

と、女がゆっくり、きく。

沢田たちは顔を見合わせたが、伸子が、

「どこかで、買ってくるわ」

と、いうと、女は、

「ちょっと待って下さい」

と、テーブルに戻って、バッグを持ってくると、中から、板チョコを取り出して、

「これを食べさせてあげて下さい」

「それで、治るの？」

「とにかく、今は糖分が必要です」

伸子が、板チョコを割って、三浦の口に押し込んだ。

しばらくすると、三浦の顔に生気が戻ってきた。

「もう大丈夫ですよ」

と、女が、微笑して出口へ歩いていく。

それを、京子があわてて、追いかけた。

つかまえて、二言、三言しゃべってから、

「沢田君。ちょっと来て！」

と、呼んだ。

沢田が近寄ると、

「この人、京都にひとりで遊びに来て、一週間、観光を楽しむんですって」

と、女の名刺を、沢田に見せた。

「それで、相談なんだけど――」

「三浦のことだろう？」

「彼が糖尿だなんて知らなかったし、他の連中に、医療の知識もないわ」

「それで、この後しばらく、この人に、一緒にいて貰うのか？　そんなこと、彼女には、いい迷惑だろう」

「いいえ。私も、あの糖尿の方が心配になりました」

「その代りに、私がこの人の宿泊場所を提供するし、みんなにも京都の名所案内の費用を持って貰うわ」

「それで、いいんですか？」

沢田が、女にきいた。

「そんなことをしていただかなくても……」

「それでは、私たちが、困るんですよ。とにかく何日か、私たちに付き合って下さい」

京子は、強引に、相手に承知させてしまった。

その結果、東京に住むという、柏原香織《かしわばらかおり》という女性が、沢田たち五人と一緒に、京都観光旅行を楽しむことになった。

第二章　洛北——貴船

1

柏原香織《かしわばらかおり》という若い女が、突然同窓五人の中に入ってきたが、五人の方は、慌てる様子もなく、かと言ってニヤつく訳でもなく、淡々と受け入れたのは、柏原香織の年齢が二十八歳で、沢田《さわだ》たちとは三十歳以上の差があったからだろう。十歳くらいの違いだったら、たぶん五人の内の男たち三人は少しは、慌てたかもしれない。

年齢の差の大きさが、沢田たちを落ち着かせていたに違いない。

（しかし）

と、沢田は思った。これから何日か、一緒にいることになるのだが、時間が経つにつれて雰囲気が変わってくるかもしれない。その場合は、相手が二十八歳と若いから、

けられていた。

　今のところ、沢田の関心は、二十八歳の柏原香織よりも、五十九歳の西野京子《にしのきょうこ》に向けられていた。

　夕食の時間が近づくと、京子は、

「こんなに、暑いと、京都人は涼しい所へ行って食事をするのよ。それで今日は、貴船《きぶね》の川床《かわどこ》を予約しておいたから、全員で夕食を食べに、行きましょう」

　といってから、柏原香織に向かっては、

「ごめんなさいね。五人で、予約を取ってしまったものだから、あなたは今晩は留守番していて頂戴ね」

　といった。

　その後、京子は前日に揃えてくれたものとは、また別の五人分の浴衣と、下駄を持ってきた。浴衣がけで、貴船に行こうというのである。

「そういえば京都の人は、普段、あまり着物を着て下駄を履いていないねえ。祇園祭の宵山の時だけは、誰も彼もが浴衣を着ているのに」

　と、三浦《みうら》がいった。

「京都は古都だといわれるけど、今どきは誰も着物なんか着ませんよ。下駄も履かないし」

と京子が笑う。

「どうしてかな。京都の町は、洋服よりも着物が似合うと思うのに」

長谷川《はせがわ》が首をかしげる。

「昔、よくいわれたのは、京都ではタバコ屋の店番をしているお婆さんだって、着物には詳しいから、下手な着物を着ていると陰口をたたかれてしまう。それが怖いんで若い人たちは着物を着なくなったって」

と京子がいった。

「もっとも、日本全国どこでも、若い人は、とっくに着物を着なくなっているけど」

とも、いった。

「浴衣は大丈夫なの？」

伸子《のぶこ》が聞く。

「浴衣は絽《ろ》も紗《しゃ》もないから、悪口をいわれる心配はないわ。それでも、京都の人が浴衣を着るのは、暑い祇園祭の前後だけね」

と京子がいう。とにかく京子が用意した、派手な柄の浴衣を全員が着て下駄を履き、いよいよ出掛けることになった。ちょっとした軍団である。タクシーを二台呼ぶ。タクシーが着いて、五人が外に出ると、すでに午後五時を回っているのに西日は強いしやたらに暑い。そのうえ、京都は盆地だから風がない。沢田たちは慌てて二台のタクシーに飛び込んだ。こちらの方は、冷房が効いている。

「京都がこんなに暑いから、例の床《ゆか》が流行ったんじゃないのかな。今度、川に張り出した床に行ってみたいね」

長谷川がいうと、同じ車に乗った京子が、助手席から振り返って、

「正直にいうと、床はあんまり勧めないわ」

といった。

「どうして？」

と沢田が聞く。

「遠くから見ていると、傍に、舞妓さんなんか、はべらせて、食事をしたり、お酒飲んだりで、優雅で涼しそうに見えるけど、実際には、風もなくて、暑いのよ。汗をかきながら、涼しそうな顔をしてなければならないし——」

「それにしては、舞妓さんは、立派だね。あんな厚化粧をして、着物を着て、汗をかかないんだから」

「じゃあ、床は、店が、得するだけか。床はプレハブみたいなもので、そこにお客を余計に押し込めるんだから」

　と、長谷川。

「そう思う？」

「違うの？」

「床を張るのは、だいたい夏よ。夏は、夕立ちが、あるわ。床は、だいたい屋根がないからそのままだと、お客はずぶ濡れだわ。どうしたらいい？」

「家の中に、避難させるか？」

「そうするためには、前もって、家の中に、予備の部屋を用意しておかなきゃならないの。だから、余分のお客を押し込めばいいわけじゃないの。いつ夕立ちが来るかも知れないんだから」

　と、京子が、いった。

「貴船神社だけど――」

　と、沢田が、いった。

　彼も、この京都では、知識的には、修学旅行の生徒なみである。

「京都の貴船神社は、山の中に、あるんだろう？」

「鞍馬《くらま》山の近くで洛北だから、ここより何度も涼しいわ」

「貴船は、船がついているから、水の神さまだと思うのに、どうして、山の中に、あるんだ？」

「昔は、京都の水源を守る神さまで、神武天皇の母、玉依姫が、淀川をさかのぼって、ここに貴船神社を建てたといわれるからここで正解」

「僕の知り合いが神奈川県に住んでいるんだが、その家の近くの海岸に、貴船神社があるんだ。京都の貴船と関係があるのかな」

「京都の貴船神社が、全国の貴船神社の総本宮。水の神様だから、水商売の人の信者が多いの」

と、京子がいう。

「他に、縁結びの神様と聞いたことがあるんだけど」

沢田がいった。

「ええ。縁結びの神様だけど、同時に、縁切りの神様でもあるの。だから、昔、夫の浮気に苦しんで、相手の女を、丑《うし》の刻参りで殺そうとした女性がいるんですって」

「縁結びの神様が、縁切りの神様というのも面白いね」

「最近は、水占いでも、有名。おみくじを買って、それを水に浸すと、占いの文字が出てくる。今の若い人は、神様よりもそういう縁結びの占いみたいなのが好きみたいね」

と、京子がいった。

「縁結びといえばね」

と長谷川が笑いながら京子を見た。

「やめろよ」

と沢田が注意したが、長谷川は続けて、

「この間の酒の席でも、話しただろう。君が今独身で、料亭を守っている。僕たちの中で、誰か独身がいたら西野京子の婿になればいいじゃないかってね。残念ながら、男三人の内の独身は、三浦ひとりなんだ。三浦のヤツに、京子の所へ婿入りしたらどうだと聞いたら、ニヤニヤして、まんざらでもないみたいだったじゃないか」

といった。

「またその話？　三浦さんはだめに決まっているでしょう。幸せにしなきゃいけない女性が、ちゃんといるんだから」

と京子がいった。長谷川が大げさに、

「本当か!?　三浦もすみに置けないな」

と、首をすくめて、

「だったら、京子の方も、好きな人がどこかにいるんじゃないか。京都の人？　それとも東京？」

「それはいえません。私が勝手に好きになっているだけだから」

と京子がいった。そういいながら、京子は首を捻《ひね》るようにして、ちらっと、沢田を見た。

沢田は一瞬、ドキッとする。その瞬間、東京に残してきた、認知症の妻の顔が浮かんで、消えた。

沢田たちの乗ったタクシーは、北に向かって叡山電鉄の線路と、平行に走る。貴船口で分かれ、タクシーは貴船川沿いに更に北に向かう。この辺りから、川沿いに料亭が並ぶ。

「ひろやの前で停まって。降りるから」

と、京子が運転手にいった。

「貴船神社にはお参りしないの？」

と長谷川が聞く。

「貴船神社の参道は石段になっていて、浴衣を着てると歩きにくいの。だから、貴船神社へのお参りは浴衣じゃない時に行きましょうよ。今日は、貴船川の川床を皆さんに紹介したいの」

と、京子がいった。

タクシーが停まると、目の前に大きな料亭があり、「ひろや」という看板が掛かっていた。その料亭の女将が迎えに出て、京子に向かって、

「西野先生、おいでなさいませ」

と挨拶した。

「君、先生なのか？」

と沢田が聞くと、京子は笑って、

「今朝も話したけど、一条流という生け花の家元のところで勉強して、一応、私も花監という資格を頂いたのね。花監になると、弟子をとって生け花を教えることが出来るのよ。だから、先生」

料亭の中に入ると、近くを貴船川が流れている。その川に向かって廊下を下りていくと、その先に川を跨《また》いだ本当の川床、と呼べるお座敷が作られていた。確かに京子がいうように、京都の市中に並ぶ、いわゆる床は鴨川に向かって出っ張るように床が

作られているが、実際には川岸までしかお座敷は、突き出していないのである。それに比べれば、こちらは文字通り貴船川に張り出したお座敷だった。それに、確かにこの辺りまで来ると、市中に比べれば五、六度は涼しいだろう。

最初にお酒で乾杯ということになり、沢田はビールを頼んだ。料理は、鮎を中心にした川料理である。少し酔ってくると、座が乱れてきて歌を歌う者もあれば、酔っぱらって眠ってしまう者もいる。そのうちに京子が沢田のそばに来て、

「ちょっと、避難させて」

といった。

「どうしたの？」

と聞くと、

「三浦さんが私を口説くの。最初はちょっと嬉しかったんだけど、段々しつこくなってきて」

という。

「車の中でもいったけど、みんなで、京子も独身だし、三浦も独身だから、一緒になればいいじゃないかって、話しただろう。それで、その気になってしまったんじゃないか」

「なんでも、将来は大臣になるから、大臣夫人になってくれみたいな口説きかたをするのよ」

「彼は今、役所の局長だろ。局長が何人かいて、その中から、事務次官になれるのはたった一人だけだから、そのポストに就くのは、なかなか難しいはずだ。だから、退職後は、地元で市会議員にでもなるしかないって、いっていたけど、なかなか三浦も野心家だな。地方から国政へ、やがては大臣へなんて、夢が大きくて羨《うらや》ましいよ」

と沢田は、冗談めかした。

しかし、京子は顔を顰《しか》めて、

「でも私、あの三浦さんが苦手で……」

という。

「どうして？」

「三浦さん、いろいろ裏で隠していることもあるのを耳にしたものだから。でも、それは今は内緒にしておかないとね」

といって、今度は、秘密っぽく笑った。

夕食が済むと、京子が、

「これからお茶屋さんに、行きます。以前から使っていたお茶屋さんで、芸妓さんと舞妓さんはもう、お願いしてありますから」

といった。歓声が、あがった。

2

再びタクシー二台に分乗して、祇園に向かう。タクシーが河原町通りに入った時、突然マイクの大音響に、沢田は驚かされた。

赤信号でこちらのタクシーが止まると、その横に、真っ白な大型車両が停まった。その車に付いていているスピーカーが、叫んでいるのだ。

「一条流の家元の女狂いを糾弾する。一条花生《かしょう》、恥を知れ」

それを繰り返し叫んでいる。真っ白な車体にも布が張り付けてあって、「我々は家元の女狂いを糾弾する」と書かれていた。

信号が青になるとその大型車が走り出す。こちらのタクシーの運転手はわざと、一呼吸遅れてからアクセルを踏んだ。

「今のは、何なんだ」

と沢田が、タクシーの運転手に聞いた。運転手が笑って、

「一条さんが女にだらしないのは京都では、有名ですからねぇ」

という。

「奥さんはいないの？」

「いますよ。でも、名の通った芸妓さんを身請けして、マンションに囲っているんです」

「運転手さんはよく知ってるね」

「京都の人はみんな知ってますよ。有名なんだから。おまけに祇園祭の日、息子さんが殺される事件があったばかりでしょう。色んな噂が噂を呼んでますよ」

という。

「君は確か、一条流の生け花だったね」

長谷川が、助手席の京子にいった。京子は振り向いて顔をしかめながら、

「それで、時々困るの。もう少し、家元さんがおとなしいと、ありがたいんですけどね」

「しかし、京都では、女を囲うのは男のステータスだと聞いたことがあるよ」

と長谷川がいった。

「確かにそういうところがあるわ。私のおじさんも事業に成功して、舞妓さんを身請けして、その人を、ずうっと囲ってた」

「俺はね、京都で舞妓を身請けするのが夢なんだ」

長谷川がそんなことを、いい出して、

「身請けするには、いくらぐらいかかるのか教えてくれ」

と、京子にきく。

いやに、熱心で、真剣だった。

「これから、お茶屋さんに行くから、そこの女将さんに聞けば、ちゃんと教えてくれるわ」

「今、知りたいんだ」

長谷川が、わがままなことをいう。

「そうねえ」

と、京子は、考えながら、

「中学校を卒業した十代の女の子を、置屋さんという所が、預かって、踊りを教えたり、礼儀作法を教えたり、祇園のしきたりを教えたりして、舞妓に育てていくんだけど、これは全て、タダ。食費も、教育も、修業も全てタダ」

「お小遣いは？」

「それは、貰えない。お座敷へ出て、お客から貰うご祝儀が、お小遣いになるの。だから、今夜の舞妓さんが気に入ったら、ご祝儀をあげてね」

「いくらぐらいあげたらいいんだ？」

「それは、いくらでも。お茶屋の女将さんが、教えてくれるから、聞いてもいいし、自分で決めてもいいの」

「どうやって、あげたらいいんだ？　むき出しで一万円札を渡してもいいのか？」

長谷川は、いやに熱心だった。

京子は、笑って、

「それも、女将さんにいえばいいの。今夜、来てくれた舞妓さんの中に気に入った娘《こ》がいたら、○○ちゃんにあげてと、女将さんにいえば、女将さんは、小袋を用意しているから、それに入れて、舞妓さんに渡してくれるわ。ちゃんと、これは、長谷川さんからといって」

「いいねえ。今夜のお座敷代は、おれが、持つよ」

と、長谷川が、いう。少しばかり、はしゃぎすぎに見えるのだが、沢田にも、それが、何故なのか、わからなかった。

初めて、祇園で遊ぶので、はしゃいでいるのか、何か家の中に面白くないことがあってなのか――。

「おれたち五人で遊んで、いくらぐらい？」

と、長谷川が、きく。

「今日のお座敷代は、払わなくていいの」

と、京子が、いった。

「どうして？」

「そういうしきたりなの」

「わからないな。おれが、今夜は、おごりたいんだ」

やはり、長谷川は、少しおかしかった。

「祇園の遊びは、信用第一で、今日遊んで、今日、支払いでは、お客を信用していないことになるから、あとで請求するの。だから、今夜は、お金のことは考えずに、自由にお遊び下さいということなの」

「何だか、負け惜しみみたいだね」

と、沢田が、いった。

「そう。負け惜しみみたいだけど、それが、祇園だし、京都の花街のしきたりなのよ」

と、京子は、いった。

「逆にいえば、それが、一見さんお断りになるんだ」

「そうね。だから、京都というところは、住みにくいけど、住みいいの。信用されたら、たいていのことを許して貰えるけど、信用されないと、外面的なつき合いしか出来ないから」

と、京子は、いった。

「君も、そんな京都人なんだろう？」

と、沢田が、いった。

「ええ、そうなの。だから、一度信用したら、何でもしてあげるけど、信用しない人には、何をしてあげるのもいや」

と、京子が、いった。

タクシーが、四条通りに入った頃には、夜になっていた。

四条通りの夜の賑やかさは、東京の盛り場と変らない。ここに来て、吉野家や、スターバックスがやってきて、ますます、違いがわからなくなってきた。

ただ、タクシーが、路地に入ると、やっと京都らしくなる。今でも、ここには、京都の夜の匂いがあり、音があるのだ。

客も、大声を出さず、静かに歩いている。舞妓も、芸妓も、嬌声をあげずに、ゆっくりと、呼ばれたお茶屋に向って歩いて行く。

京都には、五つの花街がある。

祇園甲部や、先斗町《ぽんとちょう》や上七軒である。

客は、浮気はしない。先斗町で一度遊んだら、よほどのことがない限りずっと先斗町で遊ぶ。

使うお茶屋も、代えたりはしない。

京子も、祇園甲部で、いつも同じお茶屋を使っている。

京子たちは、路地の一角で、タクシーを降り、そこからは、歩いて、「渡辺」という表札のある、お茶屋にあがった。

外見は、普通の家である。ただ、玄関の前に、盛り塩があるのは、少し違うかも知れない。

女将さんと、娘さんが、迎えてくれ、すぐ、二階に案内された。

二階の座敷には、お客の数だけ座布団が並べられている。

京子たちが、そこに座ると、娘さんが、茶菓子を出す。そのうちに、階下から、華やかな女の声が聞こえてきた。時折、少女の声も、混じっている。十代の舞妓の声である。

やがて、舞妓二人、芸妓一人、それに三味線を弾く地方《じかた》さんが、二階にあがってきた。

初めて、舞妓を見た沢田の感想は、「子供だな」だった。しかし、いたいけないといった気持ちはなかった。この時、沢田は、ある先輩の言葉を思い出していた。京都に住む先輩である。

「京都へ行って、舞妓さんあがりのクラブのママに会ったら、用心しろよ。何しろ向うさんは、十代の時から、おやじたちの相手をしているんだからな」

と、いうのである。

もちろん、そんなことは、酒を飲んでいるうちに、すぐ忘れてしまった。

金屏風を使った、小さな舞台が作られ、その前で、舞妓と芸妓が、踊った。

お客も知っているものということで、舞妓の踊りは、祇園小唄になった。還暦を迎えた沢田は、もちろん、祇園小唄は知っていたが、これから若いお客が来たら、祇園小唄は知らないだろうから、どういう踊りを、披露することになるのだろうか。

芸妓の踊りは、さすがに上手いが、二人の舞妓の方は、やはりぎこちなくて、沢田は、「まるでラジオ体操だな」と、思った。

踊りが終って、酒宴になると、二人の舞妓も急に、元気になった。わざと可愛らしく振るまったり、時々、大人っぽく、しなを作ったりする。沢田は、最初は、子供は子供だと思い、遊ばせて貰うのではなく、遊ばせてやっているのだという気になっていたが、二人の十代の舞妓は、お座敷では、お客を、そんな気にさせているのかも知れないと、思うようになった。

(多分、祇園では、大人を喜ばせる方法を、昔から、十代の少女に仕込み続けているのではないか)

沢田が、そんな眼で、伸子とあやとり遊びをしている舞妓を見ていると、

「女将さんに、どうしても、身請けのことを教えて貰いたいんですよ」

と、長谷川が、女将さんに、しつこく、聞いていた。

女将さんの仕事は、舞妓や芸妓をお客と遊ばせることだから、ちょっと、迷惑そうだが、それでも、

「さすがに身請けは、大変ですよ」

と、笑いながら、いう。

「でも、お金の用意があれば、今日来てくれた二人の舞妓さんを、身請けすることも出来るんでしょう?」

「小鈴ちゃんか、かえでちゃんのどっちが、気に入ったんですか?」

「小鈴ちゃんかな。それで、身請けするとなったら、どのくらいのお金がいるんですか?」

「そうですねえ。昔は、城を一つ潰すくらいといわれてたんですけど、今なら、会社を一つ潰すぐらいでしょうかしら」

「舞妓さんに身請けの話が出るのは、二十歳になったらかな?」

「というより、必ずということじゃありませんけど、だいたい二十歳になると襟替えといって、芸妓になるんです。その時に、むしろ旦那が出来ればいいんですけどね」

「もう少し、それを具体的に教えて貰いたいんだ」

と、長谷川が、やけにしつこい。女将さんは、苦笑気味に、

「置屋さんが、素人の女の子を預って、一人前の舞妓に育てるんですよ。その間、置屋は、一銭も貰っていませんから、旦那さんは、その置屋さんにお礼をしなければね」

「いくらぐらいのお礼ですか?」

「私が知っている頃は、三千万くらいでしたよ」

「他にも、お金が要りますか？」

「置屋さんから出るんだから、住まわせるのに必要なマンションをまず買ってあげないと」

「京都の真ん中あたりのマンションでないと、まずいでしょうね？」

「安いマンションでは、旦那さんの名前に傷がつきますからねえ」

「すると、最低でも一億円ですかね」

「そのくらいなら合格ですよ」

「他には？」

「マンションに入れただけじゃ、死んでしまいますよ」

「そうですよね。生活費と、お小遣い？」

「ええ。それから、祇園では、各花街で、春と秋に、公演をやります。ここ祇園甲部なら、都をどり」

「それは、出してやるんですね？」

「ただ出すだけじゃ駄目。源氏物語を演じることが決まったら、いい役を演じるようにしてあげないと、恥ずかしいし、旦那さんだって、恥ずかしいですよ」

「それにもお金が、いるんだ？」

「ええ。いやになりました？」

「とんでもない。東京の人間が、旦那になったって、いいんでしょう？」

「ええ」

「他に、どのくらいのお金が要るか教えて下さい」

長谷川のしつこさは、何かおかしかった。

「芸妓は、着物が命ですからね。年に二着は新しい着物を作ってあげて下さい」

「どのくらいの着物が必要ですか？」

「私の知ってた頃は、生地が百万、それを着物にするのに百万。そして、五十の着物に百の帯という言葉があるぐらいですから、西陣の帯なら百万。全部で、三百万ですか。それが年二着は、必要ですから」

「他にも、何か要りますか？」

「そうですねえ。旦那さんの仕事が忙しいと退屈するでしょうから、何か喜ばせるようなことをしてあげないと」

「どんなことをしたらいいんですか？」

「出来れば、一年に一回は、海外旅行をさせてあげたら、きっと、喜びますよ」

女将さんは、ニコニコ笑っていた。長谷川が、あれこれ質問をしていても、実際には、旦那には、なりそうもないと、思っているので、笑っているのだろう。

それでも、長谷川が、トイレに立つと、女将さんが、沢田たちに向って、

「あのお客さんは、会社の社長さんですか？」

と、聞いた。

「東京の下町で、三代続くステーキ屋の主人ですよ。まあ、会社の社長さんといえば、社長さんですね」

と、三浦が、いった。

傍にいた京子が、

「長谷川さん、本気で身請けや旦那になろうと考えているのかしら？」

と、みんなに、きいた。

「まさかね。三代続くステーキ屋だといったって、それほど、儲かっているとも思えない。第一、長谷川が、京都の舞妓を身請けしたいなんていったら、家族中を敵に回してしまうよ」

三浦がいったとき、長谷川が戻ってきた。

何をするのかと思っていると、手帳を取り出して、何やら計算を始めた。女将さん

に聞いた必要な金額を書き並べているのだ。

京子も、最初は、笑っていたのだが、少しずつ心配になってきたとみえて、

「長谷川さん、どうしちゃったのかしら？」

と、小声で、沢田に、聞く。

長谷川は、手帳から、眼をあげて、

「今、仮に、舞妓さんを身請けしたいといったら、相手にされるかな？」

と、京子に聞いた。

京子は、三浦にお酌をしている芸妓に向って、

「こちらの長谷川さんが、舞妓さんを身請けしたいといったら、喜ばれるかしら？それとも、敬遠されるかしら？」

と、聞いた。

芸妓は、ニッコリして、

「バブルの頃は、旦那さんになりたい人が、いくらでもいたんですけど、今は、少くて。一番の痛手は、西陣が不景気で、旦那さんになる人がいないんですよ。新しい旦那さんが来れば歓迎しますよ」

と、いった。

沢田は、心配して、

「本気で、旦那になろうなんて考えているのか？」

と、聞いた。

「京都じゃ、愛人を持つのは、男のステータスなんだろう？」

「それは、そうだが」

「いいねえ。一度は、男のステータスを、手に入れたいよ」

と、長谷川が、いった。

沢田は、何かおかしいと思い、今まで、意見らしいことをいわずにいる伸子に、小声で、

「長谷川が、変にはしゃいでいるけど、どうしたんだろう？」

と、きいた。

伸子は、ニヤッとした。

「家庭の崩壊かしら」

「何だい？　家庭の崩壊って？」

「彼の浮気が、ばれたんだけど、子供たちも全員が、奥さんについてしまって、孤立無援みたいよ。下手をすると離婚になるわね」

と、いった。

「どうして、そんなことを知ってるんだ?」

「浮気の相手が、私の知り合いだから」

と、伸子が、いう。

「ホントか?」

「ホントよ」

「長谷川は、老舗《しにせ》の看板を背負って、よくやっていると思ってたんだが、どうしたんだろう?」

「仕事の方は、よくやってるのよ。店を大きくして、今度は、二号店もデパートの中に作ることになったんだから」

「それなのに、どうして、家の中が、おかしくなったんだ?」

「今まで、仕事第一、家庭第一で、やってきたんだけど、還暦を迎えて、自分の人生を、ふと見直したんじゃないかな。仕事しかない人生が、詰らないものに見えたかも知れないな。男の人って、そんな風に、考える時があるんじゃないのかしら。それで、少しは、いい思いをしても、許されるんじゃないか。そう思って、長谷川さん、初めて浮気したんじゃないのかな」

「どんな浮気なんだ？　初めての浮気なら、さぞ、下手くそだったんだろうね？」

「デパートに二号店を出したのが、浮気心を刺激したのね」

　と、いって、伸子が、笑う。

「そうか二号店に、自分の女を押し込んだか？」

「奥さんの眼の届かない所に、新しい店を出して、そこに愛人を入れるなんて、誰でも考えるから、バレるのも早いわ」

「それで、バレたのか？」

「大バレ。親戚中に責められて、それで彼、切れちゃったみたい。生れて初めて、浮気をして、女を作ったのに、どうして、こんな目に合うんだ。それなら、別れてやるって、開き直ったんじゃないかしら」

「それで、京都に来たら、ここでは、愛人を作っても、それは男のステータスで許されてしまう。長谷川さん、離婚して、京都に移ってくるつもりかも知れないわね」

　と、横で聞いていた京子が、いう。

「そこまで、いってるのか？」

　驚いて、沢田が、きいた。

「奥さんとは、もう元に戻れないと、私にいってたことがあるわ」

「そこで、京都で舞妓か？」

「お茶屋の女将さんとの話を聞いてると、あれは真剣だわ」

「でも、とにかく金がかかると、女将さんがいってたじゃないか。長谷川に、そんな金があるのか？」

「仕事第一で、還暦まで、稼いで来たのよ。離婚して、奥さんと財産を分割すれば、三億円ぐらいにはなるんじゃないかしら」

「三億円か」

「きっと、彼、夢を見てるのよ」

と、伸子が、微笑した。

「何の夢だ？」

「もちろん、旦那になる夢。誰にも気がねなしに、自分の気に入った舞妓を囲って、独占できるんだし、誰も、それを責めたりはしないんだから。うまくいけば、長谷川さんは、京都で、男の夢にひたれるのよ」

「ちょっと待てよ」

「何なの？」

「君は、なぜ、長谷川のことに、そんなに詳しいんだ？　長谷川が、初めて浮気をした相手というのは、実は君じゃないのか？」

「バカね」

と、笑って、伸子は、三浦の方へ行ってしまった。

その三浦は、芸妓と、しきりに、ジャンケンで遊んでいた。

花街では、多分、何とか拳とかいうのだろうが、沢田には、わからない。ただ、五人の中で、一番、堅苦しくて、官僚の典型みたいに見える三浦が、このお座敷では、一番楽しそうにしているように見えた。

ジャンケンをして負けると、杯を空けるらしく、三浦は、しきりに声をあげて、杯をほしている。

そのうちに、酔ったのか、ごろりと、横になってしまい、今度は、伸子が芸妓と何とか拳を始めた。酔った感じの三浦は、今度は、ふらふら立ち上って、

「トイレ、トイレ——」

と、叫んでいる。

沢田は、急いで、三浦の腕をつかんで、廊下に連れ出した。

廊下の奥がトイレになっている。

そこに押し込んだが、心配なので、外で待っていると、ハンカチで手を拭きながら、

意外に、しゃんとして出てきた。

「ああ、助けてくれたのは、沢田か」

「ああ、おれだよ。大丈夫か？」

「大丈夫だ。お礼に、いいものをあげるよ」

三浦は、浴衣の袂《たもと》から、名刺入れを取り出して、真新しい一枚を沢田に押しつけて、座敷に戻っていった。


〈国土交通省中国地方整備局　鳥取事務所　所長　三浦正之《まさゆき》〉


という肩書きと、鳥取市内の住所が、刷ってあった。

（本省にいるんじゃなかったのか？）

と、沢田が戸惑っていると、京子が出てきて、

「大丈夫？」

と、きく。

「何が？」

「三浦さんが戻って来たのに、沢田さんが戻って来ないんで、心配してたのよ」

「おれは大丈夫だが、三浦に、変な名刺を貰ったよ」

「何とか所長の名刺でしょう？　私も貰ったわ」

「左遷か？」

「自分から鳥取へ行くことにしたんだといってたけど、本当のことはわからない。でも、鳥取へ行ったら、名刺をバラまいて、名前を売っておいて、国土交通省を退職したら、鳥取市議会の選挙に打って出るのもいいんじゃないかと思っているんですって」

「政治家になりたいとは聞いてたけど、東京の調布じゃなく地方でだったのか？　鳥取へ行くことを、俺たちにはいい出しにくかったんだろうな」

「鳥取市会議員から、市長になって、さらに知事になって、最後は国会議員で、東京に戻ってくるつもりだといってたわ」

二人が、お座敷に戻ると、芸妓と舞妓たちが、次のお座敷に呼ばれているのでと、あいさつしているところだった。

3

石塀小路の京子の宿に帰ってから、沢田は自分の部屋に入ると、すぐ、眠ってしまった。

自分では、酔っていないつもりだったが、いつもより飲んでいたのだろう。寝巻きに着がえずに、浴衣のまま、布団に入ってしまったのだ。

眼をさました時、窓の外は、明るかった。

腕につけたまま眠ってしまった腕時計に眼をやると、午前五時十五、六分である。

やたらに、のどが渇くので、枕元に置かれたおひやを飲む。その時、廊下で京子の声がした。

「香織さん！」

と、昨日から一緒になった柏原香織を大声で呼んでいる。

（何か、おかしい）

と、思い、廊下に出てみると、京子と、ぶつかりそうになった。

彼女の方は、しっかりと着がえている。

「どうしたの？」

と、きくと、

「長谷川さんが、いないのよ」

「朝の散歩に出かけたんじゃないか。彼、健康に気をつけてるから」

「そうならいいんだけど、夜明け前に、車を呼んだらしいの。ここで呼べるタクシー会社は、だいたい決っているから、今、香織さんに、電話で当って貰ってるんだけど」

三浦や、伸子も、起きてきた。

みんなで、長谷川の部屋に、入ってみた。

浴衣と、寝巻きは、たたまれて、布団の上に、のっていた。

どうやら、背広に着がえて出たらしい。

「家で、何かあって、電話があったんじゃないか。それで、タクシーを呼んだんだろう」

と、三浦がいう。

「でも、夜中だと、新幹線も動いていないし、飛行機も飛んでないわ」

と、京子。

「だから、タクシーで東京まで帰ったんだよ。六、七時間で着くだろう？」

「ええ。でも、それなら一言いってくれればいいのに」

京子が、いったとき、電話をかけまくっていた柏原香織が、

「わかりました。N交通で午前四時頃、ここに車を一台手配したそうです」

と、京子に、いった。

「それで、その運転手さんが、長谷川さんを乗せたの？」

「本人かはわかりませんが、長谷川というお客さんに呼ばれたといっています」

「じゃあ、その運転手さんに、何処《どこ》まで乗せたか聞いて」

「でも、その運転手さんは、すでに次のお客さんを乗せているそうで、詳しい話は聞けないみたいです」

「でも、連絡ぐらいは、取れるんでしょうに」

京子の声が、いらついている。

「それ、お願いしてみます。ただ、その運転手さんは、ここでお客さんを乗せたあと、何処へ行きますかと聞いたら、京都で、一番寂しいところへやってくれといわれた。変なお客さんだと、報告をしていたそうです」

と、香織が、伝える。

「京都で、一番寂しい所って、何処なんだ？」

三浦が、京子にきく。

「いきなりいわれても困るわ」

と、京子が、いい、仲子が、

「京都って、観光客で、いつも賑わってるみたいだけど、寂しい所だらけよ。何しろ、千年の恨みが渦巻いてる街なんだから」

と、いう。

「そういえば、昨日行った貴船だって、ここから、車で、二、三十分だった。そのくらいで、山の中なんだ」

と、三浦が、いった。

「そうすると、長谷川は、洛北の山の中に行ったのかな。昨日は行かなかったが、鞍馬山というのも、あの辺りだろう？」

「でも、どういう意味で、寂しい所といったのかわからないわ。山の中かも知れないけど、心が寂しくなる所かも知れないし——」

三浦と仲子がいい合っている。

「ここで、あれこれいっていても仕方がないから車を出します」

と、京子が、きっぱりと、いった。

沢田も慌てて着替え、車に乗り込む。

京子は、香織に向って、

「留守番頼みます。それから朝食は、市内でとって来ますから、あなたも適当に、とっておいて」

と、いい、アクセルを踏んだ。

「何処へ行くの？」

伸子が、きく。

「気持が、寂しい時に、私が行く所」

と、京子が、答えた。

「京子も、寂しい時があるんだ」

「そりゃあ、あるわよ」

「何処へ行くのか教えてくれ」

と、三浦が、京都の地図を見ながら、いった。

「少し黙ってて」

「今、嵐山に向ってるみたいだ」

と、沢田は、隣りの三浦に、いった。

「嵐山といったら、渡月橋だろう。あの辺は、賑やかな観光のメッカじゃないのか」

「その近くの嵯峨野《さがの》は、静かなんじゃないか」

勝手に言い合っているうちに、車は、田園風景の中に入って行った。

ひなびた寺の前で、京子は、車をとめた。

まだ時間が早いせいか、それとも、観光客が、もともと少いのか、静かだった。

「何という寺？」

「祇王寺《ぎおうじ》。失恋した若い女が泣きに来る所」

と、京子がいった。

「ああ、平家物語の寺だ」

と、三浦が、いい、伸子は、

「高校時代に、一度、来たことがあるわ」

「君にも、寂しさを感じる時代があったか」

「当り前でしょう。平清盛の愛を失った白拍子の祇王が尼になって隠れ住んだところよ」

確かに、ひっそりと寂しい寺である。秋になり、紅葉の季節になったら更に、静寂を増すだろう。

しかし、長谷川の姿はなかった。京子は、次の寺に、向った。こちらは、滝口寺である。

祇王寺と同じく、平家物語の舞台である。

平重盛の家臣、斎藤時頼は、建礼門院の侍女、横笛との恋を諦めようと、出家して、滝口入道となる。その舞台となった寺である。

滝口寺の方が、祇王寺よりも、更に、ひなびた寂しい感じがする。

「ここには、滝口入道と横笛の二人の像がまつられている筈。だから――」

という京子の声は、そこで、切れてしまった。

寺の境内の一角に、倒れている長谷川勝昭《かつあき》を見つけたからだった。

長谷川は、俯《うつぶ》せに倒れていて、声をかけたが、返事はない。

京子が、すぐ、携帯で、一一九番した。

救急車が、やってくる間、みんなで、声をかけたり、身体をさすったりしたのだが相変らず、反応はない。

沢田は、長谷川の上衣のポケットから、白い紙片が、はみ出しているのを見て、それをつまみあげた。

昨日、祇園のお茶屋で、長谷川が、メモに使っていた紙である。

しかし、そこに書いてあったのは、舞妓の身請けの値段ではなかった。

救急車が到着し、救急隊員が担架を持って、滝口寺の境内に入ってくるのを見て、沢田は、あわてて、紙片を丸めて上衣のポケットに、押し込んだ。

二人の救急隊員は、長谷川の身体を仰向けにして、見ていたが、一人が、小さく首を横に振った。

それでも、長谷川の身体を担架にのせて京大附属病院に運んだ。

沢田たちも、京子の車で同行した。

そこで、聞かされたのは、青酸中毒死という医者の診断だった。

警察もやってきた。

府警本部から、刑事二人が、病院にやって来て、沢田たちも、事情聴取を受けた。

青酸中毒死で、その上、遺書もなかったからだろう。

しかし、争った形跡もなく、夜明け前に、長谷川を、ひとりで乗せて、滝口寺に運んだタクシー運転手の証言もあって、沢田たちが、疑われることもなかった。

京子は、すぐ、電話で、長谷川の妻、真理子《まりこ》に知らせた。

その日の夕方、真理子は、到着したが、なぜか弁護士が、一緒だった。

その理由について、緒方《おがた》という弁護士が、説明した。

長谷川夫妻の間で、離婚調停が行われていたというのである。

その間の事情を、緒方弁護士が、まず、刑事たちに説明し、それが、自然に、沢田たちにも、聞こえてきた。

長谷川夫婦は、今まで、仲も良く、一男一女に恵まれた。三代続いたステーキ屋も順調で、二店目を都内のデパートの中に、開くことになったが、それが全てを、ぶちこわしてしまったという。

「女に狂ったとしかいいようがありません」と弁護士は、いった。

長谷川は、愛人を作り、その愛人に、新しい店をまかせたというのである。

その女に、新しい店を委せただけではない。高級マンションを買い与え、スポーツカーまで、与えたというのである。

「長谷川さんのいい分は、今まで、家庭のために、尽くしてきた。生れて初めての浮気だ。許されたっていいじゃないかというんです。それで、もめて調停になってしまいました。そんな理屈が通るわけがありません。負けるとわかって、京都に逃げたんだと、奥さんも、お子さんも見ています」

と、弁護士は、いった。

長谷川の妻、真理子は、弁護士を残して、さっさと、帰ってしまった。
そんな中で、沢田は、長谷川が書き残した紙片を、ポケットから取り出した。
丸めたメモ用紙を、一枚ずつ、丁寧に引き伸した。
その一枚に、沢田は、次の言葉を発見した。
〈私は、欺《だま》されたのか？〉

第三章　五山の送り火

1

沢田《さわだ》たちは、一旦帰宅することになった。彼等は、長谷川《はせがわ》の死は自殺、他殺、いずれとも取れるので勝手に、家庭不和からの自殺だろうと決めつけて、京都の警察にもその線で、質問に答えていた。

その中で、沢田だけは、長谷川がメモ用紙に書いていた、

「私は、欺されたのか？」

という言葉から、簡単に自殺と決めていいのかどうか迷っていたが、それでも京都府警には他の三人と共に、家庭問題からの自殺らしい、と答えておいた。

別れる時四人は、もう一度、旧暦のお盆に京都に来て、京都で死んだ長谷川を、京

都らしい迎え火・送り火で弔うことに、決めたのである。長谷川の場合、亡くなった後、京都にやって来た長谷川の妻は、弁護士と一緒で、家庭不和の現実を見せられたのだが、それでも彼女は、夫の遺骨を墨田区内の寺の長谷川家の墓に葬ることにしたといい、沢田たちはホッとしたのである。

沢田は、長谷川夫婦にどんな問題があったのか、長谷川の妻に、聞こうと思ったが、迷っているうちに今度は、沢田自身に問題が起きてしまった。妻の美津子《みつこ》の、認知症の度合いが強くなって、恐れていた徘徊を始めたのである。

こうなると、妻の美津子を、家に置いて一人で外出することも出来なくなってしまった。息子夫婦も時々やって来て、美津子の面倒を見てくれはしたが、仕事のある息子夫婦に美津子の番をさせる訳にもいかなかった。

認知症が進行するにつれて、突然、激しく怒ったり、泣いたりして沢田を悩ませた。それでも夫らしく振る舞ってはいるのだが、深夜に疲れ切って眠っていると、突然美津子が起き出して、家から出ていこうとする。慌ててそれを止める。そうしたことを繰り返していると、次第に沢田は疲れてきて、いっそのこと美津子を殺して自分も死ぬ、心中という言葉が頭の中で、ちらついたりした。

そんな時、京都の京子《きょうこ》から電話があると、沢田は、その時だけでも、救われたような気がして、そんな自分の気持ちのゆらぎを反省したりしてしまうのだが、この気持ちはどうにもならないものだった。時には美津子が寝ているのを、見澄まして、彼の方から京子に電話をしたりもするようになった。

八月十六日は、お盆である。その八月十六日は、京都では盛大に送り火が焚かれる。そのお盆には、沢田はもう一度京都に行くと、約束したのだが、妻の美津子の認知症がこれ以上ひどくなれば、京都に行くわけにはいかないと思ってしまう。それでも、京子が電話をしてきて、一緒に大文字の送り火を見に行く話などをされると、沢田はどうしても、行きたくなってくるのである。

八月に入ると、妻の美津子の認知症はますますひどくなって、沢田を悩ませた。そんな時の唯一の救いは、京都に電話して京子の声を聞くことだった。

医者は、妻の認知症について、

「今の状況では、回復は、ほとんど不可能だと思います。たぶん奥様はあなたのことしか覚えていないと思います。ですから、ご主人が、優しくしてくだされば、奥様の認知症も、これ以上は悪化はしないと思うのですよ。今のところ、それが唯一の救いです」

と、そんなことをいった。

そんな医者の言葉は彼の気持ちをますます重いものにしていった。その苦しみから逃れるために、妻の寝息を窺っては、より長く、京都の京子に電話することが多くなった。

(申し訳ない)

と思いながらも、他に救いがないのである。

「若い女性、確か、香織《かおり》さんだったね。あの看護師さんは、今どこにいるの?」

と沢田が聞くと、すぐ京子は答えた。

「お盆にまた皆で集まるとき、三浦《みうら》さんも一緒だから、その時まで柏原《かしわばら》さんにも、こちらにいて貰いたいと話したら快く承諾してくれたの」

「看護師の仕事があるのに、そんなに何度も、東京と京都を往復できるのかい?」

と、沢田が疑問を口にすると、

「それが京都の病院へ移ることが、前から決まっていたんですって。だから、近頃、お休みの日なんかには、私の所でお手伝いさんみたいなこともやってくれているわ」

といった。沢田は、京子と電話している時は、自分のことはほとんど喋らなかった。もっぱら京都の話をした。その方が、気が楽だったからである。

生け花の家元、一条花生《かしよう》が自分の息子の一条要《かなめ》が、殺された件について、五百万円の懸賞金を出したと新聞に出ていた。

「この件、京都では、どう扱われているの？」

と、沢田が聞いた。この事件に沢田自身が興味を持っている訳ではなかった。とにかく、京子とは、京都の話をしたかったのである。

「家元と親しい人たちは皆さん、流石《さすが》に家元だ。亡くなった息子のために、五百万の懸賞金を出したんだから、一刻も早く、犯人が捕まるといい。そういってるわ」

「君も、一条流の生け花を習って、いい所まで行ってるんじゃないの」

「私は確かに一条流の生け花を習っているんだけど、でも少し一条流については問題があると思っているわ」

「どんな問題？」

「殺された一条要さんは、父親の家元、一条花生とは仲が悪いことは京都の人間ならみんな知っているのよ」

「どうして？　今の家元が亡くなったら、息子の一条要が一条流を継ぐことになっていたんじゃないの？」

「それが、そう簡単じゃないの。今もいったように、親子の間で、溝が出来ていて、家元は、長男の要さんを、勘当したことがあった。そうしておいて、二十代の弟子の女性を養子に迎え、彼女に一条流を継がせると発表したことがあって。それは少しばかりひどいんじゃないか、どうして、長男の一条要に継がせないんだ、と大さわぎになったことがあったりしたの」

「もう一つ、一条流の家元は女にもだらしがないということを、聞いたことがあるんだけど」

「それは京都では有名な話なの。ただ、京都ではお妾さんを囲ったりするのは、男のステータスだから、あまり悪くはいわないのよ。だから、夫の浮気に怒るような妻は、悪女といわれてしまう。やはり問題は殺された息子さんのことね」

　と京子はいった後、話題を変えて、

「三浦さんや、伸子《のぶこ》さんとは、東京に帰ってから、連絡が取れてる？」

「それが、ほとんど、連絡が取れてないんだ。二人から暑中見舞いのハガキは貰ったけど。連絡はそれだけだね」

「三浦さんはどうなってるの？　山陰地方の事務所に移ることになったの？」

「結局、そうなってしまいそうだね。彼が勤めている役所は、関連の事業を含めると、日本全国に事務所があってね、三浦は東京に自宅もあるから、本省の局長で終わりたかったんだ。前も話したけれど、局長を務めている間に、地域に顔と名前を売り込んで、地元の市議会議員に立候補して、いつかは国会議員になるという夢を持っていたんだよ。それが山陰の事務所の所長を命じられたうえ、いよいよ現地事務所へ行かされることになりそうだと、心配をしているんだ」

「やっぱりそうなのね」

「どうも、三浦は役所の中であまり人望がないんじゃないかな。それとも、いいコネがないのか。そんなところかな」

「その三浦さんだけど、大学時代あなたと何か、あったんですってね」

突然、京子がそんなことを聞いた。

「僕と、三浦が？」

「ええ」

「覚えてないな。もしあったとしても、もうずっと昔のことだからね」

と沢田がいうと、京子は、

「でも、三浦さんの方は、未だに忘れてないみたいよ。気を付けた方がいいわ」

といって、電話を切られてしまった。

2

しばらくの間、沢田は京子のいった言葉が気になっていた。大学時代、亡くなった長谷川を入れて六人、一つのグループを作っていた。しかし、だからと言って六人が仲が良かったという訳でもなかった。若いから反発して、ケンカすることもあった。しかし、三浦と社会人になっても残るようなケンカを、した記憶はない。三浦正之《まさゆき》の父親も、役人だった。

確か、厚生省の事務次官にまでなり、その後、東京都の都議になって一生を、終わっている。その父親のこともあって、三浦も国家公務員試験を受けて現在に至っている。そのせいか、時々人を見下すような目をしたり、喋り方をしたりすることがあった。そういう点が沢田は苦手なのだが、それは、大学を卒業したあとのことである。今もしこりが残るようなケンカをした記憶は、沢田にはなかった。

ただ、人間の感情というものは、自分の近くにいる人間でも、わからないことがある。沢田の方は、社会人になってからも持ち続けているような悪い感情を、三浦に対して抱いてはいないのだが、だからといって、三浦の方もこちらを悪く思っていない、とは断定できない。

次に京子に電話した時にも、そのことを聞こうと思ったが、聞くのが怖く、或いは面倒くさくて楽しい京都の話になってしまった。

今年の夏は、暑い日が続いた。そんな中で、妻の美津子が眠っていたので、別の部屋で、彼の方から京都の京子へ電話を掛けた。京都の思い出、そんなことを、話している間に、妻の美津子が家を抜け出してしまったのだ。

沢田が、慌てたのは、この日、八月二日は朝から、猛烈な暑さだったからだった。こんな暑い日に、体が弱っている美津子が徘徊していれば、間違いなく倒れてしまうだろう。それで慌てたのである。

沢田は急いで、病院に電話し、息子夫婦にも電話を掛け、彼自身も、家を飛び出し、妻の美津子が行きそうな場所を捜して廻ったが、なかなか、見つからなかった。そして、最悪の事態が起きてしまった。

自宅から一キロ近く離れた小さな公園の中で、倒れていたのである。すぐ救急車が呼ばれ、病院に、運ばれたが、その日の夜になって亡くなった。死因は熱中症である。

幸い、夫の沢田を悪くいう者はいなかった。彼が妻の認知症で苦労していたことは多くの人間が、知っていたし、また認知症の中でも一番面倒な徘徊型だということも医者が証言してくれたからである。

沢田が喪主になって、ささやかな葬式を出したが、その時息子夫婦が、悲しみの表情というよりも、ホッとした表情になっていることに気が付いて、沢田自身が、狼狽した。自分も、ああいう顔をしているんじゃないかと思ったからである。葬儀が終わった次の日に、京子に電話するといきなり、

「今日の沢田さんの声、いやに明るいわね。何か良いことでもあったの？」

と、いわれてしまった。沢田はとっさに三浦や金子《かねこ》伸子の話に持っていったのだが、自分では気が付かなくとも長年、認知症で悩まされていた妻の美津子が、亡くなったことで、悲しみの中にも、ホッとする気持ちが確かにあった。それは後ろめたかったが、すぐ、忘れてしまった。

3

お盆の始まる前日に、沢田たちは再び京都で集まった。京子の提案で、出来れば、お盆が始まる前日に来て欲しいといわれていたからである。京都駅には、京子が迎えに来ていた。その車で、沢田たちは、石塀小路の「料亭旅館京子」に向かった。そこ

では、あの香織が留守番をしていた。

「どうしてお盆の一日前に呼んだんだ」

と、三浦が聞いた。京子の答えはこうだった。

「京都には、他の町とは違ったお盆があるの。六道《ろくどう》まいりといって、典型的なお盆の迎え方をするお寺があるので、明日は、そのお寺に皆さんを連れて行きたくて。亡くなった長谷川さんを京都式でお盆に迎えたかったし、京都から送り出したい。そう思って皆さんにわざわざ、一日前に、来て貰ったんだから」

と、京子は、いった。

翌日になると、京子は沢田たちを連れ出した。

「この辺りは六道の辻と呼ばれている所」

と京子が、いった。近くにある寺は六波羅蜜寺《ろくはらみつじ》である。

「この六波羅蜜寺は、平安時代に空也上人が悪疫退散を願って開いたお寺。平安時代はこれから案内する六道珍皇寺《ちんのうじ》から六道の辻までが、あの世で、ここから御所の方までが、現世といわれていたの。六道珍皇寺では、あの世から、亡くなった人の霊を呼ぶことが出来るので、私たちも、その六道珍皇寺で、先日亡くなった長谷川さんの霊を、呼ぶことにしましょうよ」

といった。

その六道珍皇寺に行く前に、京子が案内したのは六波羅蜜寺の近くにある飴屋だった。

飴屋といっても表からはそんな店には見えず、小さな古びたしもたやにしか見えない。正式なこの店の名前は、「みなとや幽霊子育飴本舗」である。

ガラス戸を開けるとうすぐらい中で、「子育飴」と書かれた赤い包装紙に昔風の、茶色っぽい飴を入れて売っていた。

「この幽霊子育飴というのは、どこかで、聞いたことがある」

と三浦がいい、京子が、

「昔もここにこの店があって、毎日女の人が、飴を買っていく。怪しいと思って、店の人が尾《つ》けて行ったら、近くのお寺のお墓の中に入っていった。その女性はすでに、亡くなっていたんだけど、この世に残してきた赤ちゃんのことが、心配で、毎日赤ちゃんのためにここの飴を買っていったということが、分かった。それで幽霊子育飴という名前になったといわれているわ」

沢田たちもその飴を舐めながら、京子が案内するままに、六道珍皇寺に向って歩いて行った。

寺の前に来ると、すでに十二、三人の人が集まっていた。善男善女たちである。

「皆さん、このお寺で亡くなった人の霊を迎えようとしているのよ」

寺の中に入ると、お堂の中に、等身大の若い男の木像と、その横には、二メートル近い閻魔大王の、これも、木像が、あった。

「こちらの青年は、小野篁《おののたかむら》。平安時代の役人で歌人。小野妹子の子孫にあたる人。でも、それ以上に、有名なのは、この小野篁という人が昼間は京都の役所に仕える役人なのに、夜になると、あの世へ行って、閻魔大王に仕えていたといわれていて、あの世と、現世を自由に動き回ることが出来た。だから、ここに来る人たちもあの世から、親しい人の霊を、この寺で呼ぶことになっているの。私たちも、これから長谷川さんの霊を呼ぶことにしましょうよ。本当は、この六道まいりは、もう二、三日前にするんだけど、そんなに早くは京都に集まれなかったから、仕方ないわよね」

と、京子が、いった。

この寺の鐘を鳴らして、人々は、亡くなった人の霊を呼ぶのである。

その鐘は、鐘楼堂に覆われていて、穴から出ている綱を引くと、鳴るようになっている。だから、小さな子供でも鳴らすことが出来る。

人々は、順番を待って、鐘を鳴らし、亡くなった人の名前を叫ぶ。

京子は、馴れていて、長谷川の名前を、大声で、呼ぶのだが、馴れない沢田たちは、なかなか、大声を出せない。集った人たちが、声を張りあげて叫ぶので、そのうちに、沢田たちも、平気になっていった。そして、大声を出すと、解放されたような気分になれた。

長谷川の霊が、あの世からこちら側に来るまでの間、沢田たちは寺の中をゆっくりと見て回った。小野篁が、この世とあの世とを往復した時に使った井戸もあった。

その井戸はあの世に繋がっていて、小野篁は昼間の役目を終えると、この井戸に入り、あの世へ行って閻魔大王に仕えたというのである。

「あの世とこの世を往復するという話は聞いたことがあるけど、その本人が、実在の人物だというのは知らなかったな」

と三浦が、いった。

寺の中には、小野篁のことを書いた説明書があった。生まれたのは、八〇二年。亡くなったのは八五二年だから、五十年の生涯である。

説明では、平安前期の詩人・歌人。小野妹子の子孫であり、小野道風の祖父である。遣唐副使になったが、その件で上司と争い、八三八年から二年間、隠岐島《おきのしま》に流されていた。和歌は古今和歌集に載っているくらいの名人で、性格は直情径行のため、狂人といわれたことがあったが、その才能は今昔物語にも伝わっている。というよりも、この六道珍皇寺に祀られ、彼が現世とあの世を往来した井戸もあり、彼が作ったといわれる二メートルを超す閻魔大王の木像があることでも有名である。

その小野篁の故事から、この寺はお盆になると人であふれ、大いに賑わうのだ。沢田たちはすぐ石塀小路には帰らず、しばらく六道珍皇寺の周辺を歩くことにした。歩きながら京子が、京都のお盆について話してくれた。

「今もいったように、この六道の辻の向こう側はあの世だから、平安時代には向こうの道路に、死体が並べられていたといわれているの。向こう側には、有名な二年坂とか三年坂があるんだけど、平安時代には二年坂、三年坂には妖怪が棲みついていて、人を脅したり、殺したりしたので、陰陽師の安倍晴明《あべのせいめい》に命じて、妖怪を退治させたといわれているわ」

「何だか怖い話だな」

「私みたいに、京都に住んでいる人間からすると、今日から八月十六日の送り火まで、本当の京都が、あるみたいな気がしているの」

と、京子がいった。

「確かにこの雰囲気は、昔のままの京都という気がするね」

と三浦が神妙な顔でいった。

「でも、何かの本で京都という町は今でも怨霊が支配する町だと書いてあったのを覚えてるわ。だから未だに陰陽師の安倍晴明とかが人々から敬われているんだって。晴明神社に行った友達から聞いたんだけど、最近は、晴明神社にお参りする人が多くなって、とても、儲かっているらしい。だから、駐車場を、増やしたりしているんですって」

と、金子伸子がいった。

「長谷川の霊は、あの世から我々の所に、無事に来るのかね？」

と、沢田がいうと、

「さっきみたいに鐘をついて呼べば必ず来てくれる。それを迎えて、八月十六日まで大切におもてなしして、送り返す。それをどの京都人も必ずやってるわ。やってないと京都人らしくないといわれてしまうから」

と、京子が、いった。

四人は、歩き疲れて、カフェに入った。最近、京都にもアメリカのカフェが店を構えるようになったが、やはり京都の人たちは昔からの喫茶店イノダコーヒが性に合うのか、店は混んでいた。三条にある支店である。

座席は円形のカウンター形式になっていて、砂糖やミルクを入れて貰いたければ、オーダーする時に予《あらかじ》め店員に、頼めばよい。自分で入れるよりも、本当に、コーヒーのことを知っている店員に頼んだ方が、砂糖の量もミルクの量も、適量を入れて貰えるというのが、その理由である。

沢田は、砂糖を入れないブラックコーヒーを飲みながら、時々、三浦の顔を見ていた。京子の電話を思い出したからである。今も時々、大学時代の自分と、三浦の関係を考えているのだが、いっこうに三浦に恨まれているという話が思い出せないのである。

金子伸子と三浦が話をしている。

「もう一度話してみてよ」

と、三浦がいっている。

「でも、若い時のいやな思い出があるわ」

と、金子伸子がいう。

「そうだな。あの頃、いやな思い出といえば、一応文学青年になって、自分の才能に自信を持ち過ぎて、ひどい目にもあった」

三浦がそんなことを、いった。

（あっ）

と、沢田は思った。沢田も、大学に入った頃はひとかどの、文学青年だった。あの頃、沢田は、三浦と金子伸子の三人で、ひそかに、文学グループ「三人の会」を作っていた。今も募集している、K出版の新人賞に、応募したことがあった。三人の中では、三浦が、最も才能があると思われていた。それに比べれば、沢田と金子伸子の方は、ただの、小説好きだったのかもしれない。

三人が応募したが、三人とも、てっきり三浦が、新人賞を取るものと思っていた。ところが、金子伸子も三浦も二次予選で落ちてしまい、あまり自信のなかった沢田が佳作になった。

その年は新人賞の受賞作がなくて、佳作が一篇、選ばれて雑誌にも載ったのだが、それが沢田の原稿だったのである。その後、金子伸子も三浦も、三人だけの文学サークルを辞めてしまい、自然消滅してしまったのだが、あの時のことを三浦は恨んでいるのだろうか。

そんな思いがふと、沢田を襲った。その件を沢田はすっかり忘れていた。というのは、文学青年だったのはその時だけで、その後は小説を書くこともなかったし、別に好きな作家がいる訳でもなかったからである。

しかし、自信のあった三浦はあの時落ち込んでしまい、佳作に選ばれた沢田に対して、複雑な気持ちを持ち、それが続いていたのだろうか。沢田はそんなことを思いながら、ちらちら三浦の顔を見ていた。

「そろそろ、帰りましょうか。長谷川さんの霊が、もう私の家に来ているかもしれないから」

京子が笑顔でいい、沢田たちも腰をあげた。

4

その日の夕食の後、京子の発案で、四人は、一部屋に、集まって、亡くなった長谷川の思い出を話し合うことにした。そうやって彼の話をしていれば、あの世から現世に来やすいだろうという京子の提案からだった。

話はやはり、長谷川がどうして京都のお茶屋で、女将さんに、しつこく舞妓さんの身請けについて、聞いていたのかになった。

「長谷川は、元々真面目で、小心な男なんだ」

と三浦がいった。

「結婚したのも、高校時代の同級生で、彼の方が押し切られたと聞いたことがある。そして代々続いたステーキハウスを、一生懸命に働いて大きくして、新しい店舗まで、作った」

「その新しい店の店長にしたのが、愛人だった訳だろう」

と沢田がいう。

「それがバレて、離婚騒ぎまで、起きた。真面目な男にしては、大変なミスだよ」

「新しい店の店長を、相手の女性にしたのはまずかったよ」

「でも奥さんは最初は、全く疑わなくて、綺麗な人が来て良かったみたいなことをいってたのよ」

金子伸子がいう。

「それだけ、奥さんも安心していたんだ。それなのに、長谷川は、浮気に走ってしまった」

「そこが、分からないんだよ」

と、沢田がいった。

「どうして、真面目な長谷川が、たぶん生まれて初めての浮気だと思うんだが、女に走ってしまったのか。それに、新しい店の店長になった女性は、さほど色っぽくもなかったらしいけどね」

「でもそれで、彼の家庭は、めちゃくちゃになってしまった。それを考えれば、やはり新しい店の店長を、その女性にした長谷川さんが悪いと思うわ」

と京子が、いった。

「彼が京都に来たのはいってみれば、家庭のいざこざから、逃げたかったからじゃないのか」

と、三浦がいった。

「確かにそういうことも、あると思うわ」

と、伸子がいう。

「長谷川さんは京都へ来て、浮気は男の甲斐性という京都の雰囲気を見て、自分が京都に生まれていたら、とも思って、京都ではどうしたら浮気が出来るのか、舞妓さんを身請け出来るのか、それが知りたくてお茶屋の女将さんに、聞いていたんじゃないのかしら？」

と、京子がいった。

「もし、長谷川さんが、京都に住んでいて、店が繁盛して、新しい店を作った。その時、店長を浮気相手の女性にしても、京都なら悪口はいわれないの？」

と、伸子が、きく。

「そうね。多少のいざこざはあるかもしれないけど、京都の奥さんは、そういう時は黙っているわ。騒ぐのは恥しいから」

「たぶん、それが長谷川には口惜しかったんだ。京都に生まれれば良かったと思ったんじゃないか」

「でも、どうして、自殺なんかしちゃったのかしら？」

と、伸子がみんなの顔を見た。

「そりゃ、離婚調停中で、悪いのは自分なんだから、財産も店も、取られちゃうだろうし、子供まで、奥さんの方についてしまった絶望感からじゃないのか」

「それなら、京都に来たんだから、京都から、離婚届を出して、きっぱりと、東京からも離れてしまった方が、良かったんじゃないのか。僕ならそうするな」

と、三浦がいった。

「たぶん、京都に来て、逆に絶望感が深くなったんじゃないのか」

沢田が、いうと、それが、結論のようになってしまった。

沢田はとうとう、あの紙片を出すことが出来なかった。

5

翌日の夕食の時、三浦が酔っ払った感じで、現在の不満を、ぶちまけた。

「日本という国は、何もかも全て、コネの世界だね。今度うちの省で大臣が替わったんだけど、私はこの大臣とは全くコネがなくてね。だから、このまま東京に残って終わりたかったんだが、どうもそういう訳にはいかないらしい。この間もいったけど、一番人気のない山陰の事務所長にされた。そうなったら、もう東京へ帰って来られないだろう」

「君は局長だったろう？　局長でも自由に行先を選べないのか」

と、沢田が聞いた。

「だからいったじゃないか。上にコネがあれば、何とか希望が通るんだが、全くコネがない人間は、一番悪い所へ行かされる」

「今度の君の所の大臣は、若手で確か東大卒だったな。本当にコネがないのか」

「日本の役所というのはね、未だに東大出が主流なんだ。もし俺が東大出身なら、新任の大臣の所に挨拶に行って、東大の○○期生ですといえば、それだけで仲良くなれる。どうして日本の役所に東大出が多いのか分かるか」

「頭が良いから？　それとも、元々東大出というのは役所に向いているのかしら」

からかい気味に、金子伸子がいった。

「上の方が全部、東大出だからだよ」

と、三浦がいった。

「例えば、次の部長候補が二人いて、片方が東大出だとする。そうすれば上の人あるいは大臣は、自分と同じ東大出の後輩の方が使いやすいじゃないか。だからどうしても、東大出の人を引きあげる。それが、延々と、続いているんだ」

「山陰の事務所の所長になった方が、気楽でいいんじゃゃないの？」

京子がいうと、三浦は小さく肩をすくめて、

「役人の世界を分からない人間には、俺の気持ちなんか分かるもんか。とにかく、この後、政治家になるためにも、自分にとって今が一番の勝負どころなんだよ」

と、いやに真面目に、嘆いてみせた。

その日の夜、沢田は、三浦を飲みに誘った。三浦があまりにも弱気になっているので、一緒に飲んで励まそうという、気持ちも少しは、あったのだが、大きな理由は、三浦が大学時代のことを根に持っていると教えられて、それが本当かどうかを、知り

たかったからである。

石塀小路に、いわゆる絨毯バーがあって、そこに誘った。京都の祇園界隈、あるいは石塀小路辺りは伝統的建造物群保存地区になっていて、家の外面を許可なく、改装することは許されていない。ただ中をどう改造してもいいから、大抵の店は外見は町屋風だが、中に入ると真っ赤な絨毯が敷いてあってカウンターもある。それが、いわゆる絨毯バーである。

最初はたわいのない話をしながら飲んでいたが、そのうちに沢田が、

「大学時代のことを思い出す時があるか？」

と聞くと、急に三浦は、目を光らせて、

「大学時代、俺は役人なんか希望してなかった。俺が希望してたのは、作家なんだ。小説家なんだよ。だから、君とか、金子伸子と同人雑誌を出していた時は、喜んで、参加していたんだ」

「正直いって三人の中では、君が一番、文学的才能があると思っていたよ。俺と伸子は、単に小説を読むのが好きだってだけで、自分に才能があるとは、思っていなかったんだ」

「しかし、俺は見事に失敗してしまった。それで、作家になるのを諦めてしまったん

だが、今になると、どうしてあのまま作家になるための修業を続けていなかったのか、時々後悔しているんだ。どう考えたって俺は、役人には向いていない。上役のご機嫌を取るのも下手だし、コネを作るのも下手だから時々、畜生と思うよ。どうして、修業を続けていなかったかと思ってね」

「今でも残念か？」

「ああ、残念だ」

そんな言葉を交わしているうちに、三浦が先に酔っ払ってしまった。沢田は、やっぱり、大学時代三人で、小説を読んだり書いたりしていた頃、あの新人賞のことが、いまだに、三浦の頭に残っているのか、そんな思いで酔って正体のなくなった三浦の顔を見た。

「どうして、作家になるのを諦めたんだ。何か理由が、あったのか？」

耳に顔を近付けて、聞いてみた。半ば眠ってしまっている三浦は、何かぶつぶつ呟いていて、それは言葉にはならなかったが、ただ一言、

「早く知ってたらなぁ」

と、いった。

何を、どう知っていたらといったのか、沢田には、分からなかった。

「何をいってるんだ」

と、もう一度聞いた。が、その時には既に眠ってしまって返事がなかった。仕方なく、距離は近いが、タクシーを呼んで京子の旅館に帰ろうと思ったところ、近距離を嫌ってか、なかなかタクシーが止まらない。そこで、京子に電話して車で迎えに来て貰うことにした。

二十分ほどして到着した京子は、泥酔してしまっている三浦を見て、

「どうしてこんなに酔っちゃったの」

と、沢田に聞いた。

「定年後の生活について話しているうちに、だんだん落ち込んでいってね。で、この有様。三浦にしてみたら、来年、定年を迎える前に地元で顔を売っておいて市議会議員に立候補するつもりだったらしい。ところが上にコネがない三浦は本省に残れなくて、鳥取の事務所の所長に、追い払われてしまったんだそうで、それでこれまでの生き方を間違えたといって飲み出したんだ」

「私は、役人は、年金もいいし、その上地方議会の議員になれば、老後は安泰だと思っていたんだけど、そうでもないのね」

「山陰で所長になって、定年後はその地方で議員になれたとしても、やはり東京に残

りたかったんだよ。その気持ち、わからないことも、ないけどね」

いいながら、沢田は、京子と力を合わせて泥酔している三浦を、車の中に押し込んだ。

「それで」

と、京子は、ハンドルを握りながら、助手席の沢田にいった。

「大学時代のこと、三浦さんは、何かいってなかった？」

「ああ、いってたよ。大学時代に俺と三浦と金子伸子の三人で、同人雑誌をやっていた時があってね。ある雑誌の新人賞に、三人で応募したんだ。三浦は、てっきり、自分が受賞するだろうと思っていたらしい。ところが結果的に、彼は二次予選で落ちてしまい、俺が佳作になった。どうもそれがいまいましかったらしい。もし自分が受賞していたら、今頃作家になっていた。山陰に、追い払われるようなこともなかっただろう、それが、悔しいみたいなことをいっていたよ。それから、急にピッチが上がって酔っ払ってしまったんだ」

「沢田さんは、そのことを、忘れていたんでしょう？」

「ああ、全然、忘れてた。それでびっくりしているんだ」

「自分で忘れていても、友達は、そのことを、社会人になっても悔しがって覚えている。そういうことね」

旅館に帰ると、三浦は急にしゃっきりして、自分で歩いて部屋に行き、布団に体を投げ出した。それほど心配することもなかったのである。それでも、酒を飲みながら三浦がいったことは、沢田の頭の隅に残って、なかなか、消えてくれなかった。

6

予報によると、八月十六日は、雨の可能性が強いと新聞に載った。すると新聞の投書欄に、「五山の送り火に松明《たいまつ》は不可」という投書が載った。大文字とか船形といった、五山に浮かぶ灯りは、積み上げた割木に松明で火を点けていく。それは、もうやめたらどうかという投書だった。雨が降れば消えてしまうし、確かに五山の送り火は、美しいが、せいぜいもって一時間ぐらいである。そんなことに大金を使うのは、勿体無いではないか。どうせ毎年やるのだから、赤く輝くネオンでいいのではないか。ネオンにすれば、いつでも見ることが出来るし、様々な工夫も出来る。そんな投書だった。

京子は、その投書を読んで、

「いつもこんな投書が、載るの。わざわざ松明を燃やしたりするのは、勿体無いという投書があって、それに対して、これは歴史的な行事だから、今まで通り、松明を使うのが一番良いという投書があるの。たぶん、五山の送り火は、永久になくならないわね。だって、これを見に、観光客が、どっと、押し寄せてくるんだから」

と、いった。

いよいよ、その八月十六日を迎えた。予報では雨となっていたが、朝から、カンカン照りだった。

「本当に晴れてよかったわ」

京子が、ほっとした表情でいった。

「夜の五山の送り火で、この間、お迎えした霊を、ふたたび浄土へお送りするのよ。雨で送り火が中止になったら、長谷川さん、あの世へ通じる道を、迷ってしまうかもしれないもの」

「しかし、夏の京都は暑いと聞いていたが、どこまで暑くなるものやら」

沢田が嘆くと、三浦も深く頷いた。

結局、この日は、今年になって最高の気温を記録した。その夕は、京子が、予約しておいた「たん熊」に行き、屋根のない床で、早めの食事をとることになっていた。

京子がいうように、川にほんのわずかに張り出した床での食事は、はた目には、涼しく見えるが、本人は、京都特有の無風と、蒸し暑さで、うちわを動かしたり、食事の途中で、汗を拭いたりしている。

暗くなると、五山の送り火が始まった。四人は床をやめて店を出ると、四条の橋に向かって歩いていった。鴨川にかかる橋の上からだと、京都市内では一番よく大文字が見えるといわれていたからである。しかし橋の上は、大変な、混雑だった。沢田たちはいつの間にか、バラバラになってしまった。

橋の上でも、五山の送り火がよく見える所と見えにくい所がある。集まった人々は、何とかして一番よく見える場所を占めようと、押し合いへし合いしていた。

沢田も、人波に押されながら東の方角の山に輝く「大」という光を見ていたが、押されて自然に動いてしまう。そんな中で、大文字の火が少しずつ消えていく。沢田は押されながら、自然に橋を渡ってしまっていた。

沢田は、いつの間にか、四条通りを突きあたり、南東に歩き、高台寺の近くまで来ていた。相変わらず蒸し暑い。それでも五山の送り火を見終ったことで、気分が良いのか、しゃべりながら、ぞろぞろと人々が歩いていた。

沢田は少し疲れて、近くにあったカフェに入った。マドンナという名前の店だが「真」という字に、呑兵衛の「呑」、奈良の「奈」。そんな当て字を並べた店の名前である。その上、店名は、マドンナだがカウンターの向こうにいたのは、沢田と同じ六十歳位の女性だった。

店には三人の客がいたが、いずれも疲れ切ったような顔をしていた。たぶん沢田と同じように、橋の上かあるいは河原かで五山の送り火を見ていた人たちだろう。五山の送り火は確かに美しいのだが、見ていると意外に、疲れるのだ。

コーヒーを飲んでいると、沢田の携帯が鳴った。電話を掛けてきたのは、京子だった。

「今、どこ？」

と、聞く。

「高台寺の近くのカフェで、コーヒーを飲んでる。飲み終わったら帰るよ」

というと、

「伸子と、三浦さんも、まだ帰って来ていないの。電話しているんだけど、繋がらなくて」

と京子がいった。

「こんな夜は、二人とも、あてどもなくふらふら、歩いているんだよ。俺も、何となく気分が高揚してね。君と二人なら、あてどもなく京都の町を歩いていたよ。今、『真呑奈《まどんな》』という変な名前のカフェで、体を休めながらコーヒーを飲んでる。二人もそのうちに、連絡してくるよ」

と、沢田はいった。電話を切ると、沢田は、眼を閉じた。今、自分がいる所が平安の時代だったら、あの世であって、そこら中に死体があふれていたらしい。夜になると、妖怪が出て、人々を殺したり、食べてしまったりしていた。そんな京子の話を、思い出していた。

十五、六分経ってから、沢田は、ようやく腰を上げ、歩いて石塀小路の京子の旅館に戻った。十二時に近かった。いつの間にか、そんな時間まで、京都の夜をさまよっていたことになる。それでも、金子伸子と三浦は、まだ帰っていなかった。

京子はこういった。

「大文字の送り火の夜は人々は、あまり家に帰りたくなくて、京都の町をさまようんですって。あの二人も、そんな気分で、京都の夜の街を、さまよっているのかもしれないわ」

テレビのニュースを見ると、大文字の夜は京子のいう通り、夜の京都の町をただ歩き回っている人もいれば、迷子になる子供も多いといわれている。そんなニュースを映していた。

午前一時を過ぎて、やっと、金子伸子が帰って来たが、三浦と、一緒ではなかった。

「三浦さんを、見なかった？」

と、京子が聞いた。

「私は、五条の橋の上から送り火を見ていたんだけど、どんどん、人波に押し流されて、どう歩いたのかわからなくなっちゃったのよ。でも、人の流れの中に、ちらっと三浦さんを見たわ。何か、若い女の人と一緒だった気がしたけど、すぐ、見えなくなってしまったから、見間違いかもしれない」

と、伸子がいった。

「どこまで、歩いて行ったの？」

「うーん、よく分からないんだけど、夜になっても人の波が絶えなくて、それに身を任せて歩いていると、気持ちが良かった。御所の近くまで行ったのは覚えているわ」

「一緒に、大文字を見ている時、三浦は、何か、いってなかった？」

と、沢田が、きいてみた。

「何かって？」

「京都に来てるんだから、何処に行ってみたいとか」

「二人とも、大文字を黙って見てたから、話なんかしなかった」

と、伸子がいう。

時刻は、すでに午前二時になった。

第四章　優雅なコネ社会

1

夜が明けてきたが、三浦《みうら》は帰って来なかった。さすがに、誰もかれもが、心配になって、京子《きようこ》は近くの警察に捜索願を出した。その十数分後に、警察から電話がかかってきた。

三浦正之《まさゆき》という六十歳の男が鴨川で溺れかけていたので、助けて近くの病院に運んだというのである。その病院からも、電話があった。命に別状はないが、そちらへの、帰り道を忘れてしまったので、誰か助けに来て欲しいといっている、というのである。

とにかく、三浦が無事だということを知ってほっとして、沢田《さわだ》と京子が下鴨神社の近くの病院に、迎えに行くことになった。

三浦が収容されていたのは、古くからある救急病院だった。病室に入っていくと、意外にも元気で、ベッドに腰を下ろして頭を掻きながら、沢田たちを迎えた。

「どうしたんだ？ 心配したじゃないか」

と、沢田が聞くと、

「よく覚えていないんだよ。最初は金子《かねこ》と一緒に歩いてたんだけど、そのうちにはぐれちゃって。自動販売機で酒を買って、飲みながら歩いていた。暑いので、鴨川の河原へ下りて行ったのは覚えているんだ。だが、その後は覚えていない。気が付いたら救急車でこの病院に運ばれていたんだ」

と三浦は、いう。看護師の話によれば、少し違っていた。

「まあ、浅い所でしたから良かったですけど、とにかく足を取られて流されて、あっぷあっぷしているところを見つけた誰かが、警察に通報したらしいんです。そこで警察が現場に急行し、溺れている患者さんを助けて、うちへ運んで来たそうです。ご自身では、暑いので鴨川に下りて行って、少し酔っ払っていたから転んでしまったんだとおっしゃるんですけど、警察への通報は、男女が言い争っていて、一人が突き飛ばされて川に落ちたというものだったそうで……ご本人が被害届を出せば、事件として捜査するということでした。ただ、ケガはしていないので、連絡先を残してもらえれば、このまま、すぐ、お帰りになっても大丈夫です」

と、いってくれた。

とにかく、病室にいた師長さんにお礼をいい、それから濡れてしまった浴衣を受け取り、着替えていたパジャマの貸し出し料を払ってから三浦を車に乗せて、石塀小路に帰ることにした。

三浦が無事に帰って来たので、ほっとしたが、三浦本人はとにかく眠いといって昼すぎまで寝ていた。彼が起きたところを見はからって全員で、遅めの昼食をとったが、京子がこんな提案をした。

「私ね、最近ときどき南座《みなみざ》に、歌舞伎を観に行くんですよ。最初の頃はあまり面白くなかったんだけど、観ているうちにだんだん面白くなってきて、今日は皆を南座に招待したいの。皆さん、歌舞伎はあんまり観ていないでしょう?」

「私は観たことはないわ」

仲子《のぶこ》が言い、三浦も東京の歌舞伎座へは行ったことが一度もないという。沢田も、何かで一度観たことはあるがそれだけである。

「それなら、観に行く価値があると思う。一緒に行きましょう」

と、京子は妙にはしゃいだ声を出した。

「今は、どんなものをやってるの？　観たことがないから、聞いてもわかんないだろうと思うけど」

と、仲子が笑いながらいった。

「久しぶりに仁左衛門《にざえもん》さんが助六《すけろく》をやって、人気者の愛之助《あいのすけ》さんが花魁《おいらん》の揚巻《あげまき》をやるの。劇の題名は、正確には『助六曲輪初花桜《くるわのはつざくら》』というんだけど、助六という二枚目の男と人気者の揚巻という花魁が、吉原でちょっとした芝居をやる。そう考えてみれば面白いと思うわ」

と、京子がいった。

沢田も、助六と揚巻という名前は知っているが、その芝居の方は観たことがないから、どんなストーリーなのかわからない。第一、歌舞伎をどんな風に観たら楽しいのかもわからないのである。全員で、観に行くことに決った。柏原香織《かしわばらかおり》は、今回も留守番である。

南座へ行くというので、さすがに浴衣ではまずいということになり、全員が、普通の服装をして南座までは、歩いて行くことになった。相変わらず暑い。京都の人は「祇園祭から夏が来る」というらしいが本当らしい。雲が出てきて、それだけ焼けるような太陽の光は、かわすことができた。まずは八坂神社に向かい、それから四条通りを歩いて行く。鴨川に架かる四条大橋の手前、左側が南座である。

京子は、まず四人分の切符を買ってから、正面入り口からは入らず、沢田たちを脇の楽屋口に案内した。役者が楽屋に入る専用の通路だろう。狭い通路で、何となく秘密の迷路の感じが、沢田には面白かった。

守衛室の前に、面白い出欠板が置かれていた。

板の上に、役者の名前が、ずらりと並べて書かれている。変っているのは、名前の上下に、小さな穴があけてあることだった。出勤してきた役者は、上の穴に刺してある木の小さな棒を、下の穴に移して通っていく。面白く簡単な出欠板だが、考えてみると、全員の信頼で成り立っているのである。役者の一人が、他の役者の棒を異った上の穴に移しておけば、その役者は、まだ、南座に来ていないことになってしまうからである。

若い頃に沢田は、妻と一緒に京都に来たことがあった。その時、京子が京都を案内してくれたのだが、妻の美津子《みつこ》は、まだ元気で、認知症のきざしも見えず、好奇心旺盛で京子を質問攻めにした。

美津子が初めての京都に、首をひねったのはまず、「一見さんお断り」の言葉だった。

「ずいぶん古めかしいシキタリだと思うんですけど、京子さんは、息苦しくないんですか？」と、質問したのを、沢田は、覚えている。それに対して、京都生れ、京都育ちの京子は、こんな答え方をしていた。

「ええ。京都は、今でも完全なコネの社会ですよ。他所から来た人は、大変だと思うでしょうが、京都人にとって、この世界は、棲みやすいんですよ。コネが出来て、いわゆるごひいきになってしまえば、たいていの無理が聞いて貰えますものね。例えば、お金がなくても、後払いで何でもやってくれるし、ある旅館が休みの日でも、無理して、泊めてくれるし——」

そんな世界が、暮らしいいか、どうかは、わからないが、沢田は、面倒くさいなと思ったものである。

ところが、ここにきて、日本の政治や社会の動きを見ていると、京都どころか、日本全体が、古めかしいコネの世界ではないかと、思えてきた。

とにかく、政治家とのコネがあれば、たいていのことが可能なのだと、わかったからである。土地も安く手に入るし、大学の学部だって新設できるのだ。

評論家は、批判し、なげいてみせるが、沢田の見たところ、一般市民は、さほど、怒ってはいないのだ。

市民は、みんな、羨ましいのだと、沢田は、思った。自分も、政治家にコネがあればと、なげいているのである。

つまり、市民は、よく知っているのだ。個人が役所の窓口に行って、陳情しても、めったに、役人は動いてくれない。たいてい、予算がないからとか、人手がないからというのである。それが、ある日、政治家に知り合いが出来ると、秘書が、こういう。

「何か困ったことがあれば、いって下さい。お役に立てるかも知れません」と。本当の意味は、「次の選挙では、投票をお願いします」ということなのだが、市民は、日頃、困っていることをその秘書にいってみる。例えば、自宅の裏が国有地なのだが、手入れをしていないので、雑草がはびこり、通行人が物を捨てていくので困っている。役場に行って何とかしてくれと頼んでも、いっこうに動いてくれないと。

翌日、彼（または彼女）は、びっくりする。神風が吹いたと思う。予算がないとか、人手がないといっていたのに、空地には、十人以上の役所の人たちが来ていて、捨てられた空缶などをどんどん集めているし、空地には、草刈機が、走り回って、あっという間に、きれいになってしまったというのである。政治家とのコネが、上手く働いたのだ。

今の中国では、共産党に入らないと、出世できないといわれて、入党には難しい審査があるという。韓国は、学歴狂騒曲である。難しい試験に合格して、有名大学に入らないと、出世は出来ないらしい。

有名な唐代の詩人「杜甫《とほ》」は、二十四歳の時「進士の試験」に落第したために、都には住めず、全国を放浪したといわれている。そんな科挙《かきょ》の制度が、中国や韓国では、今も生きているということなのだろう。幸い、日本は、極端な科挙の制度を取り入れずにすんだという。

しかし、その代りに、「コネ」の世界が生れた。

そんな中で、京都が特にあれこれいわれるのは、京都人のコネの使い方が、優雅だからだろう。

政治家も、コネの処理は、もう少し、優雅に、やって欲しい。

もっとも、沢田の眼から見ると、京子は歌舞伎の世界にも、コネを広げているらしい。どんな方法で、どんな役者と、コネをつけたのか今のところはわからないが、沢田は羨ましかった。

京子が受付で、

「仁左衛門さんの楽屋へ行きます」

と挨拶して、狭い通路を入っていった。楽屋の前には中年の役者が沢田たちを待っていて、頭を下げた。

「こちら番頭さん」

と、京子が紹介する。

「マネージャーみたいな人だけど、この人も役者で、芝居の中では役者として出ているからよく観ていてね」

といった。

その番頭が、楽屋に沢田たちを案内した。広い和室の中には鏡が置かれ、役者が二人いた。一人は、助六役の片岡仁左衛門で、まだ諸肌脱《もろはだぬ》ぎになって顔を作っていたが、揚巻役の愛之助の方は、すでに、きちんと花魁の姿になって、沢田たちを迎え、

「おいでなさい。京子さん、お久し振りです」

と、挨拶した。

「こちらは、東京から来たお友達。歌舞伎を観たことない人ばっかりなの」

愛之助がにっこりして、

「それなら今日は、存分に歌舞伎を楽しんで下さい。そして、歌舞伎のファンになって下さいね」

といった。仁左衛門の方は軽く頭を下げただけで、化粧に余念がない。

（歌舞伎の人というのは、自分で化粧するのか）

と、沢田はそのことに、感心したりしていた。京子が、番頭さんを通して「楽屋見舞い」と称するご祝儀袋を二つ、渡している。その後すぐ京子は、

「それでは客席の方に行っておりますから」

といって、立ち上がった。引きずられるように、沢田たちも楽屋を出ると、舞台の上を通って、客席の方へ歩いて行った。

京子が、沢田たちのために用意してくれた座席は二階の特別席で、両脇から張り出して、そこが、区切られているという面白い作りの席だった。驚いたことにそこに座ってみると、目の前には飲み物が、用意されていたし、楽屋弁当も置いてあった。

五、六分してベルが鳴り午後の部が始まったが、最初は助六ではなくて、若手の役者による踊りだった。

歌舞伎も、相撲の桟敷と同じで、食事をしながら、飲みながら、芝居を観てもいいことになっているので、さっそく沢田たちは弁当を広げ飲み物に、手を出した。

若手役者の踊りが終わって、「助六曲輪初花桜」になった。

観客には、「歌舞伎のご案内」というパンフレットが、渡された。

最近、この世界でも、人気役者が、出てきて、若い観客《ファン》も増えてきたが、それでも、

歌舞伎の人物とか、約束事には、解説が、必要だということなのだろう。

歌舞伎十八番といわれる主な芝居でも、それを観ていなければ、

鳴神

毛抜

暫《しばらく》

助六

外郎売《ういろううり》

押戻

景清

解脱

蛇柳《じややなぎ》

鎌髭《かまひげ》

とタイトルだけでは、どんな芝居なのか見当もつかないから、解説のパンフレットは必要だろう。

舞台上では、花街が、出来ていた。

花魁が、並んで、床几《しょうぎ》に腰を下している。

そこを、上手から下手に向って、町人姿の男が、少し酔った感じで、ゆっくりと、通りすぎていく。

解説によると、この男は、無名の通行人で、舞台を通り過ぎながら、その日、その日にあった出来事を、勝手に喋っていくというのである。

昔から、歌舞伎にあった役で、無名の通行人ということにして、時には、政治や、社会に対する怒りや、なげきを、喋らせたのだろう。

従って、今、舞台を歩きながら通行人が喋っているのも、江戸時代の話ではなく、現在の出来ごとであり、批評になっていた。

一般の観客は、そんな「通行人」のセリフには、興味がない感じで、まだ芝居は始まらないということで、ざわついていた。

そんな空気の中で、沢田は、「通行人」の言葉に、耳をかたむけた。

「最近の京都も、ずいぶん様変りして、情緒がなくなりましたなあ。昔の家元といったら、威厳があって、そのくせ、洒脱で、立派なものでした。それが今の家元たちは、どうですか？　特に、一条流生け花の家元さん。どう思います。立派な後継ぎがいるのに、自分の愛人を、次の家元にしようとあくせくして、それが、失敗したと思えば、長男の方が、亡くなってしまった。殺されたんだという人もいますが、私は、父親の家元に失望して、自殺したと思っているんですがね。皆さんは、どう思います？」

「通行人」は、それだけ喋って、下手に消えていった。

(通行人役は、家元制度を批判したりするものなのか)

と、沢田は、感心したり、呆れたりしていたのだが、なぜか、突然、幕が引かれてしまった。

舞台の方が、なぜか、がやがやしている。

「何かあったの？」

と、沢田が、京子に、きくと、

「ちょっと、おかしいから、騒いでいるみたい」

と、いう。

「何が？」

「通行人が、喋ってた中身。世相風刺で、観客を笑わせるのは、いいんだけど、今日のは、異常。生け花の一条流の家元を、からかっていたでしょう？　ああいうのは、禁句よ。だからあわてて、幕を引いたんだわ」

「観客席の方は、別に騒いでいないみたいだよ」

「殆ど聞いていないから。芝居も、揚巻が出て来て、始まるわけだから、それまで、聞いてないのよ」

「じゃあ、通行人役の役者は、勝手に喋ったわけ？」

「それでも、いいんだけど、役者が、違ってたような気がするの」

「役者が違う？」

「宮田《みやた》新之介《しんのすけ》さんの役なんだけど、今日の通行人は違う人が、やってたみたいなのよ」

と、いってから、

「心配だから、聞いてくる」

と、いって、京子は、廊下に出て行った。

彼女が戻って来ないうちに、ベルが鳴って、

「不手際が、あったことを、お詫びいたします」

と、アナウンスがあり、幕が開いた。

三人の花魁が、声を揃えて、「揚巻さん」と、呼ぶと、愛之助の扮した花魁揚巻が、登場した。

人気者らしく、一斉に拍手が起きた。

観客の誰も、さっきの不手際など、気にしていないのだ。

京子が、そっと、戻ってきた。小声で、沢田に、

「宮田新之介さんは、熱を出して、自宅で、寝ているんですって」

「じゃあ、代役が出たんだ」

「そうなんだけど。新之介さんは、出ていることになっているので、誰も、代役のことなんか考えなかった、って」

「あの出欠板では、出席になっていたんだ」

「そうなの。それに、通行人の扮装で、出てきたから、みなさん、心配しなかったんですって。突然、一条流の家元のスキャンダルを喋り出したんで、びっくりしたらしい」

「でも、楽屋で、あの扮装になる前だったら、別人だと気がつくだろう？」

「それが、楽屋で仕度したんじゃなくて、自宅から、あの扮装で、来たらしいわ」

「つかまらなかったの？」

「ええ。逃げられたって。すぐ警察に電話したって」

「わけのわからないごたごただね」

「芝居に集中しましょう」

と、京子が、いった。

2

人気者の愛之助の揚巻だったし、しばらく休んでいた片岡仁左衛門の助六だったので、観客は、十分に満足したようだった。

「助六曲輪初花桜」が、終ると、次の人情劇まで、四十分近い休みがあるというので、沢田たちは、伸びをしながら、広いロビーに移動した。

軽い食事も出来るし、みやげものを売っていたりもする場所でもある。

沢田たちは、隅のテーブルに着き、コーヒーや紅茶を注文した。

伸子が、京子に聞いたのは、「通行人」のことではなく、お弁当のことと、飲み物のことだった。

「座席に着いたら、お弁当と、飲み物が用意されていたけど、あれは、どこから、運ばせたの?」

「この南座の隣りに、京都吉兆の支店があって、そこに、電話しておくと、お弁当や飲み物を、ちゃんと、座席に運んでおいてくれるの」

と、京子が、いった。

沢田は、どうしても「通行人」のことが、気になって、

「舞台の騒ぎは、おさまったの?」

と、きいてみた。

「まだ、犯人は捕まってないみたいだけど、カブキマニアが、何とか舞台に上りたくて、『通行人』になって、あがったということらしいわ」

「犯人って、何のこと?」

と、伸子が口を挟んできた。

京子が、それに答えようとした時、劇場係員の一人が、やってきて、小声で京子に、何か、いった。

京子は、小さく肯いてから、沢田たちに、

「ちょっと失礼するわ。急用が出来たの。でも次の芝居が始まるまでには、座席に戻れるわ」

と、いって、係員と一緒に、歩いて行った。自然に、沢田たちは、彼女の行った方向に、眼をやった。

ロビーの反対側の隅のテーブルに、六十歳前後の男が、腰を下しているのが、沢田の眼に入った。

洒落た夏服を着ている小柄な男である。

京子は、その男のテーブルに腰を下して、何か喋っている。

(どこかで見た顔だな)

と、沢田は、思った。

「あれ、生け花の家元、一条花生《いちじょうかしょう》じゃないの？　新聞で見た顔だわ」

と、伸子が、いった。

「確かにそうだよ。写真を見たことがある」

と、三浦も、いった。

そのうちに、ミーハーの気がある伸子が、黙って、人波に、まぎれるようにして、向うのテーブルに近づいて行ったが、こちらに戻ってくると、

「やっぱり、一条流の家元だった。お付きも来ているわ。見つかると、大変だから、京子と、どんなことを話しているのか、聞けずに戻っちゃったけど、何となく気にな

るわね」

と、いった。

「京子は、一条流の免状を持っているんだろう。弟子を持っても許されるそうだから、呼ばれて、話を聞きに行っても、別におかしくはないんだ」

と、三浦が、いった。

沢田は、この南座に一条流の家元が、来ていることに、びっくりした。

もちろん、芝居の「通行人」のことが、あったからである。

彼は、座席に一条流の家元が、来ているのを知っていたのだろうか？　知っていて、わざと、あんなセリフを、口にしたのだろうか？

沢田は、逆のことも考えた。

一条流家元は、あの「通行人」のセリフを聞いたとしたら、どんな気持ちで、聞いたのだろうか？

そうした疑問に比べると、京子が、南座で、一条流の家元に呼ばれたのは、さほど不思議ではなかった。

京子は、生け花の免状を持っていたし、京都の女性として、さまざまなコネを持っているようだから、家元と親しくても、不思議はないと思ったのだ。

ベルが鳴ったが、京子が、戻って来ないので、沢田たちは、勝手に、自分の座席に戻った。

始まったのは人情劇というより、心中物だった。商家のおかみさんと、手代の心中劇である。

結構、面白かった。しかし、京子が、戻って来たのは、芝居が終る直前だった。

その上、芝居がはねると、京子は、

「どうしても、用事が出来てしまって、すぐには帰れないの。ごめんなさい」

と三人に詫び、南座の前で、別れたのである。そのあと、京子は、南座の前にある「菊水」というレストランに入って行った。

南座に行く時、待ち合せによく使われるというレストランである。

待ち合せの場所としては、通りをへだてて、南座の前で、わかりやすいし、飲み物だけでもいいので、はやっているという。

「私も、京都に来ると、わかりやすいので、デートに、よく使ってるわ」

と、伸子が、いった。

「どうする。京子は、これから誰かと、あそこで、待ち合せか」

と、三浦が、いう。

「南座の中で会った、一条流の家元かしら。お相手は」

と、伸子が、小さく笑った。

しかし、ここで立ち止って、京子の相手を詮索する気も起きず、三人は、夜の四条通りを、石塀小路まで、ゆっくりと歩き出した。

京都には珍しく、風が、あった。

ぶらぶら、歩くのには、いい風だった。それに、南座から石塀小路まで、距離として、丁度いい。

女の伸子を、真ん中にはさんで、三人で、四条通りを、歩く。

四条通りは、さすがに京都のメインストリートだけあって、この時間になっても、人通りが多い。目立つのは、外国人の多いことだった。それも、観光客ではなくて、京都を、京都人らしく、買物籠を下げて歩いているのである。

大きな店は、高島屋や大丸などのデパートだけで、あとは小さな専門店である。その中に、吉野家があったりするのは、時代だからだろうか。

話しながら歩く。

「長谷川さんのこと、何か聞いてない？」

と、伸子が、歩きながら、きく。

「あれ、京都の警察が、調べてるんだろう？」

と、三浦が、いう。

「自殺か他殺か、まだわからないんだろう？」

と、沢田。「私は、欺されたのか？」と書かれた長谷川のメモを、思い出したからである。

京子の話によれば、長谷川の死は、最初、自殺、他殺のどちらか、京都の警察にも、わからなかったが、ここにきて、自殺と見るようになったという。そのためか、警察が話を聞きに来ることが、ない。

「京子は、結婚を考えているのかね？」

と、三浦。

「一条流の家元とだったら、嫌だぜ。第一、今のところ不倫になるだろう」

と、続ける。

「でも、お金には、困らないでしょう。何しろ、何万人も弟子が、いるんだから。私だったら、慰謝料でも何でも払って、お金で奥さんと別れてもらうわ」

仲子が、いう。

「のどが渇いたよ」

「じゃあ、一杯飲みましょうよ」

すぐ、賛成して、三人は、四条通りから小路に入って行き、近くにあった飲み屋ののれんを、くぐった。

店には、観光客らしい姿はなく、地元の人らしいのが、五、六人、飲んでいた。

まず、冷たいビールを一杯やってから、三人は、飲み始めた。

従って、石塀小路に帰ったのは、午前〇時近かった。

それでも、京子は、まだ帰っていなくて、留守番をしていた香織が、

「電話がありまして、まだ時間がかかりそうなので、先に休んでいて下さいと、京子さんから伝言がありました」

と、三人に、いった。

「ねぇ、コーヒーが飲みたいんだけど」

と、三浦が、いった。

「インスタントコーヒーで良ければ、出してさしあげるわ」

と、伸子がいい、三人は、ロビーでコーヒーを飲むことにした。

コーヒーが飲みたいというよりも、まだ、話を続けたいのが、本音だったように、勝手に話し続け、そうなると、今、ここにいない京子の話になっていった。

女同士だからか、京子のことに、一番詳しいのは、仲子のようだった。そして、仲子が話すと、やはり、京子と男の話になった。

「いろいろと、聞くわ」

と、仲子が、いった。

「どんな風にだ？」

「彼女、相当派手にやっているんじゃないかと思う」

と、仲子がいった。

「どうして？　今日、生け花の一条流家元に呼ばれて行ったからか？」

と、三浦が聞く。

「彼女、今でもなかなか美人だもの」

と仲子がいう。現在京子は五十九歳。間もなく六十歳の還暦を、迎えるはずである。

しかし、仲子がいうように充分に若い。それはたぶん、独身のせいなのか。それとも、京都に住んでいるせいなのか。

「それでも、歌舞伎役者とは何でもないと思うよ」

と、三浦がいった。

「どうして？」

と、仲子が聞く。

「今のところは、歌舞伎ファン、ということだろう。まだファンとして役者を見てるんだ」

「でも、わかんないわよ」

と、仲子が、いった。

「どうして?」

「芸能人の中でも、歌舞伎の役者というのは特別だと聞いたことがあるの。特に京都の場合は、他の芸能人と違うモテ方を、歌舞伎役者はするそうだから」

「僕はどうしても、生け花の家元の方が気になるね」

と、沢田がいった。

「どうして?」

と、仲子が聞く。

「生け花の一条流は長男が殺されてしまったじゃないか。何かの雑誌で読んだんだが、後継ぎを家元が実子ではなく、養子にしようとしたことで、後継者争いが起きていたらしい。もし、一条流の後継ぎ候補が事件に関係していたら、新たにお気に入りの、京子を跡取りに迎えることだって、考えられる。一条流家元はともかく、京子の方は独身だから、二人が結婚して、一条流を守っていくみたいな話が進んでいるかもしれないよ」

　と、沢田がいった。

「京都じゃ、他の都市と違って、一番力があってお金を持っているのは、生け花とかお茶とか踊りの家元らしいからね。今の沢田の話はありえないことじゃないな」

　三浦がいった。

「もし、京子が一条流の家元と一緒になったら、私はさっそくお金を借りようと思ってるの。家元の人たちって税金が優遇されているから、大金を持っているのよ」

　と、伸子が笑った。

「今の伸子の話、冗談には聞こえないけどね。本当は、自分が家元夫人の座を狙ってんじゃないのか？」

　三浦が聞いた。沢田はその言葉で、伸子と三浦を見た。

　大学を卒業した後、あまり付き合いはなくなってしまっている。当然、一人一人の経済状況などは全くわからない。お金に困っているという話も聞かないが、かといって資産家になっているという話も聞いたことがない。京子が一条流の家元と結婚でもしたら、伸子の言葉ではないがお金を借りに走る人間がいるかもしれない。

コーヒーを飲み終わっても、京子は帰ってこなかった。沢田たちも眠くなって、お休みといって自分たちの部屋に入った。

沢田はそれが癖になっているが、テレビを点けっぱなしで布団に入った。いつもならこれで、たいてい寝られるのだが、今日はなかなか寝付かれない。うとうとしていると、外で車が止まる音がした。部屋の明かりを消したまま、窓の外に、目をやった。こちらの前に、タクシーが止まっていて、柏原香織が、迎えに出ている。京子が車から降りてきて、香織に何かいっている。しかし、そのまままっすぐ館内には入らず、走り出したタクシーを、手を振って見送っていた。明らかに、誰かもう一人乗っていたのである。その後、京子は香織を抱くようにして家に入って来た。

（変な具合だな）

と、沢田は思った。時間を見ると午前一時をまわっている。誰かがタクシーで京子を送ってきたのである。

しかし、そのことより沢田は、こんな時間まで香織という二十八歳の娘が、寝ないで待っていて、旅館の外まで京子を迎えに出ている。そのことの方が不思議な気がした。しかも香織は、寝巻や、パジャマ姿でタクシーを迎えに出ていたのではない。普通の格好をしていた。つまり寝ないで、今の時間まで、京子を待っていたことになる。

（偶然じゃないのかもしれないな）

と、沢田は思った。

今まで、柏原香織という女性は、偶然、京都鉄道博物館で会って、その時発作が出た三浦が心配なので、京子が頼んでいて貰った。そんな風に、沢田は、考えていたのである。

しかし、今の様子を見ていると、どうも、それだけではないような気がしてきた。眼をつむって、考えていると、自然に、今夜の光景が、浮んでくる。

それに反するような、鉄道博物館での光景もである。

食堂車での光景だ。あれは、芝居の筈はない。芝居で倒れて、それを狙って柏原香織が声をかけてくる。絶対に、それは考えられない。間違いなく、三浦は糖分不足で倒れたのだ。

となると、京子が前々から、柏原香織を知っていて、芝居がかりで、旅館に置くようにしたという仮説は崩れてしまう。

第一、京子が、必要だから、お手伝いを置いたと、香織を、沢田たちに紹介しても良かったのだ。どんな、お手伝いを置いても、それは京子の自由で、沢田たちには関わりがないからだ。

そして、もう一つが、長谷川が最後に残したメモだ。

「私は、欺されたのか？」

である。

その言葉の意味が、わからなくて、困っていたのだが、もしかしたら、柏原香織のことではないかと、思うようになった。

長谷川も、柏原香織は、三浦の病気が原因で、京子の旅館に雇われるようになったと、考えていたに違いない。だが、長谷川は、二人が前からの知り合いだったことを知った。

それが、メモ用紙の文字になったのではないのか？

（しかし――）

と、また、沢田の気持ちが、逆の方向に、大きく、ぶれてしまう。

柏原香織と、京子とが、前からの知り合いだったとしても、長谷川が、「私は、欺されたのか？」というような、悲痛な言葉を残すものだろうか？　と、考え直してしまうのである。

そうなると、沢田の気持ちが、更に、別の方向に動いてしまう。

何といっても、京都は千年の都である。沢田は、古都の重みというものを考えてみた。それは、都の重みであると同時に、住んでいる市民の重さでもある。

沢田は、その重さを感じたことがあった。彼の友人の一人は、東京生れの東京育ちだが、仕事の都合で、京都に住むことになった。その後、三十年間、京都暮しを続けて、自分では、一人前の京都人になったと思っていたのだが、祇園祭の時、いきなり、一発殴られてしまった。小さな祭、例えば、町内会の「地蔵盆」などには、参加させてくれるのだが、大きな祇園祭には、参加させて貰えない。

そこで、友人は、「もう三十年も京都に住み、住民税も払っているんだから、祇園祭に参加させて下さいよ」といったところ、笑われてしまったというのである。「三十年、三十年といいますがね。こちらは、三百年、四百年ですよ」といわれたという。

沢田は、自分と京子との間にある重みの差を感じざるを得なかった。沢田は、京都に来た時間を全部足しても、せいぜい一カ月くらいのものだろう。その点、京子は、親の代からというより江戸時代から、京都人である。そもそも沢田が、京子について知っていることなど、ほとんどないのかもしれない。

翌日の朝食の時、沢田は、京子に、

「君の家は、何年ぐらい京都に住んでるんだ？」

と、それとなく、きいてみた。

「そうねえ。祖父は、根っからの京都人だったから、江戸時代からかな。くわしいことは忘れてしまったわ」

京子が、笑いながら、いう。そこに、自信満々なものを感じないわけには、いかなかった。

そういえば、京子は、葵《あおい》祭の時、重要な役の斎王代に選ばれていた。大学二年の時で、沢田たちは、お祝いに、京都に出かけたものである。

柏原香織は、まるで、京子の身内のような感じで、沢田たちに、ご飯をよそったり、お茶を配ったりしている。

糖尿の気《け》のある三浦のために、いて貰っていると京子は、いっているが、見ていると、それ以上のものを感じる。

香織という女性が、もともと、調子のいい性格だからというより、沢田の知らないところで、京子とつながっているような気がするのである。

観光客として見る京都は、あでやかで、優しいのだが、こちらの気分が変ると、とたんに、眼の前の京都の町並みまで、ゆがんで、見えてくるのである。

こちらの気分に合わせて、町の持つ雰囲気が変ってくる。京都は、そういう町なのだ。

古い歴史の、古い町のように見える。

一見さんお断りというのは、初めて来た観光客には、古い町としか見えないから、京都は、冷たく接してくるということなのだ。

二回目、三回目と回数を重ねていくうちに、京都は、本当の姿を見せてくる。古い町だが、同時に、新しい町でもある。何しろ、日本で最初に、ノーパン喫茶が生れた町である。もっとも近代的な駅を造りあげた町である。

一方、革新知事を長い間選んで、おかげで東京のような、頭を押さえつけるような高速道路網が生れなかった町でもある。「おかげで、京都の町の道路は、狭くて走りにくい」と、文句をいいながらも、高速道路は、造ろうとしてこなかった。

沢田は、そんなことを考えているうちに、京都という町が、怖くなり、京都人の京子が怖くなってきた。

しかし、優雅な怖さである。

町は優雅に変身するし、京都は、優雅に振る舞いながら何を考えているかわからないのだ。

第五章　陰陽道の今

1

沢田《さわだ》たちは、すぐには、解散をせず、九月二日まで、そのまま京都に留まることにした。たまたま、九月二日が京子《きょうこ》の誕生日なので、それを全員で祝ってから、解散しようということになったのである。

しかも、その翌日の九月三日は、伸子《のぶこ》の誕生日でもあるので、彼女の分も一緒に祝おうということになった。

伸子は、

「京都のバースデイって、どんなものなのか知らないし、それが、楽しみだから、京子と一緒にやってもらっても嬉しい」

と、いった。

その間、京都には、珍しく、これといった祭りもないので、それぞれ自由行動をしようということになった。京都の夏は暑いし、残暑も厳しい。沢田たちは自然に、日中は宿にいて、夕方になってから街に出るようになった。

そんな時、伸子が、沢田に向かって、

「京都でちょっと面白い、新しい発見をしたんだけど、一緒に行ってみない？　私が案内するわ」

と、いった。

「新しい発見って何？」

「行けば分かるわ。楽しみにして、私についていらっしゃい」

沢田が強引に連れていかれたのは、上京の小さな橋だった。タクシーを降りてから、

「この橋だけど、何ていう名前か知っている？」

と、伸子が、聞いた。

「ああ、もちろん知っているよ。京都では、有名な橋の一つだからね。一条戻橋《もどりばし》だろう？」

と、沢田が、いった。

「平安時代には、この戻橋の北側は、あの世で、怖い鬼が住んでいるといわれていたの」

「そのことも、知っているよ。そのくらいのことは、京都の観光案内に書いてあるからね」

と、沢田が、いった。

「しかし、わざわざこの一条戻橋を見せるために、連れてきたわけじゃないだろう？ほかにも何か、見せたいものがあるんじゃないの？」

と、沢田がきいた。

「実は、そうなの。この近くに、晴明神社があるけど、私が案内したいのは一条寺という古いお寺。京都の観光案内では、ほとんど紹介されていない、小さなお寺なんだけど、あなたを、そこに連れて行きたいと思っているの」

仲子が秘密めかして、いった。

一条寺は、一条戻橋から歩いて七、八分のところにあった。たしかに、人がたくさん集まる観光のための寺ではないので、京都の観光案内には、ほとんど出ていない。なるほど観光客が来ないので、境内も、いたって静かである。

「この一条寺は、平安時代から一条家の菩提寺で、一条家のお墓だけがあって、ほかの人たちのお墓は、ほとんど、見当たらないの」

と、伸子が、いった。

「そういうお寺なら、一条寺以外にも、京都には、いくつかあるんじゃないの？」

と、沢田が、いった。

たとえば、泉涌寺《せんにゆうじ》という寺がある。観光寺ではないので、いつも、静かだが、代々の天皇のお墓がある寺として有名である。こちらの一条寺のほうは、そういう話を、沢田は聞いたことがなかった。

「このお寺の中に、とても、面白いお墓があるのよ。この間、何かの拍子に、この近くまで来た時に、発見したんだけど、あなたにも、それを見てほしくて、ここまで、来てもらったというわけ」

伸子は、沢田を、寺の境内に案内した。

なるほど、境内の中を丁寧に見ていくと、一条家の代々の墓が並んでいた。一番新しい墓には、一条要、享年三五と刻まれていた。

「この一条要というのは、たしか一条流の生け花の、家元の長男だったんじゃないの？」

と、沢田が、聞くと、

「ええ、その通りよ」

「しかし、一条家の代々の墓が、京都の、こんなところにあるというのは、知らなかったな」

「ねえ、そうでしょう、私も全く知らなかったの。それでね、どうして一条家のお墓が、一条戻橋の近くにあるのか、私も、不思議だったから、私なりに調べてみたし、この寺の住職さんにも会って、話を聞いてみたの。そうしたら、一条家というのは、何も最初から、生け花をやっていたというわけではなくて、平安時代には、有名な安《あ》倍晴明《べのせいめい》と一緒に、時の朝廷に仕える陰陽師の一人だったらしいわ。陰陽師というのは、もちろん知っているでしょう？」

「ああ、知っている。陰陽師というのは、今でいえば、天文学の専門家だったという話を、聞いたことがあるよ。平安時代の朝廷には当時、天文学を実際に研究している部署があったそうだから、天文学を研究していたのが何も安倍晴明一人だけだったというわけではなかったろうからね。ほかにも、陰陽師が、いたとしても、不思議はないんだ」

「そういうことね」

「だとすると、一条家というのは、平安時代には、安倍晴明と同じように陰陽師だったが途中から生け花のほうに移っていった。つまり、そういうことか？」

　と、沢田が、聞いた。

「詳しいことは分からないんだけどね。実はもう一つ、こっちのほうが、面白いものもあって、それを、あなたに、見てもらいたいと思っているのよ」

　と、伸子は、沢田を、さらに境内の奥に案内していった。

　そこには、大きな墓石があって、そこに書かれた文字を読むと、「西野《にしの》家代々之墓」と彫られていた。

　沢田は、一条寺に、生け花の家元、一条家の人々の墓があることには驚いたが、同じ寺に西野家代々の墓があることにそれ以上に驚いた。

「西野家って書いてあるけど、これって京子の家のことなのかな？」

「これも、このお寺の住職さんに聞いたんだけど、京子の家の先祖代々の墓だと教えられたわ」

「どうして、西野家のお墓が、この一条寺にあるんだ？　このお寺は、一条家の菩提寺なんだろう？」

　と、沢田が、いう。

「そのことなんだけど、西野家というのも、平安時代には、朝廷に作られた天文部門の中にいた陰陽師の一人だと思われると、住職さんは、いっていたわ。天文部門には、四人の陰陽師がいて、その中の安倍晴明だけが有名になってしまったけど、このお寺の一条家も、西野家も立派な陰陽師だったと、住職さんはいっていた。その後、勢力争いが激しくなって、何年か後に、安倍晴明の子孫だけが陰陽師として生き残った。どうやら、そういうことらしいの」

「そうすると、京子も、陰陽師の子孫ということになるのか？」

沢田が冗談めかして、いった。

「ええ、先祖が陰陽師なら、当然のことながら、そういうことに、なるでしょうね。そう考えると、ちょっと、怖くなってくるわ、京子のことが」

と、いって、伸子が、笑った。

沢田は、西野家についてというより、西野京子について、もっと、いろいろなことが知りたくて、伸子に頼んで一条寺の住職を紹介してもらい、直接会って、話を聞くことにした。

住職は、寺に伝わっている古い書物などを持ち出してきて、それを見せながら、平安時代の一条家のことを話してくれた。

「これは平安時代の話ですが、京都の朝廷には、天文部門に、四人の陰陽師がいたといわれています。京都の北東など四つの方角に四人の陰陽師を配して、京都を災いから守っていたというんです。その中で最も有名なのは、何といっても、安倍晴明ですが、そのほかにも一条頼家、西野右京、それに、京都の南西の方角を守っていたのは、片品誓史という陰陽師だったと、古文書には書かれています」

と、住職が、教えてくれた。

その後、一条家と西野家が、没落するなどして、最後は、安倍家だけになったという。

「もう一度、確認したいのですが、西野家というのも、間違いなく平安時代の陰陽師の一人だったのですね？」

沢田は、半信半疑の顔だった。

「ええ、そうです。私どもの寺に、古くから伝わっている古文書を見ますと、そう書かれています。ですから、今でも西野家の家のどこかには、例の星のマークが彫り込んであるはずですよ。一条家も、今は生け花の家元として有名ですが、一条ビルの正面には、あの星のマークがついていますからね」

と、住職が、いった。

沢田は、更に住職に、聞いた。

「今の住職のお話で、平安時代、京都の四方に、都を守る陰陽師がいたということは分かりましたが、陰陽師として、どうして安倍晴明だけが、生き残って、ほかの三人は、生け花の家元になったり、料亭付の旅館を経営するようになったんでしょうか？」

「安倍晴明の場合は、式神《しきがみ》を何人も使って、いわば、事業を拡大していったようです。一条家や西野家は、そうした方針を採らなかったので、次第に陰陽師としての仕事を失っていき、安倍晴明ひとりが残ったと、いわれています」

「式神というのは、確か、鬼の手下じゃなかったですか？」

沢田は、乏しい知識の中から、何とか、質問を見つけて、住職にきいた。

「そういわれています。一条戻橋の下に式神が隠れていて、通りかかった女性を脅したり、かどわかしたりしたとも、いわれています。有名な話としては、源頼光の四天王の一人といわれた渡辺綱が、この橋の上で美女に化けた鬼の腕を切り落したといわれています。つまり、平安京の頃は、一条戻橋は、現世とあの世との境だったわけです」

「それで、鬼の手下の式神も、橋の下に棲んでいたわけですね」

「安倍晴明は、その式神を、うまく自分の手下として、使っていた。そうした才覚があったわけです。ほかの三人は、式神をうまく使うことができなくて、いつの間にか消えていってしまったといわれています」

と、住職が、いった。

「西野家ですが、その中では、式神を、うまく使っていたのではありませんか？　どうしても、そんな気がして仕方がないのですが、そんなことは、ありませんか？」

沢田が、しつこく、きいた。

住職は、古文書のページをゆっくりとめくりながら見ていたが、

「都の北西の門を守っていた西野家でも、たしかに、式神を利用していたという記述がありますね。しかし、あなたがおっしゃるように、式神をうまく使っていたかどうかまでは、分かりません。そういう記録も、残っていませんから」

と、いった。

「そうした伝統は、現代でも生きているんでしょうか？」

沢田は、質問しながら、住職が、笑って否定するだろうと思ったのだが、こちらをまっすぐ、見返して、

「それは、人々が本心から信じるかどうかにかかっていますね。人々が信じれば、現代でも陰陽道は、生きていることになります」

と、いった。

「陰陽道というのは、具体的には、どんなことなんですか？」

「天文、暦数をつかさどり、占いを行い、吉凶災福を察して、それに対応するために、呪術作法を行うことをいいます。病気の治療などの知識を、陰陽師も持っています。都には、陰陽寮を置いて、そこに、安倍家など四人の陰陽師が入っていました」

「安倍晴明が、女に化けて、都に現われて鬼や妖怪を退治したという話を聞いたことがあるんですが、西野家の陰陽師も、当然、同じ力を持っていたわけですね」

と、沢田がきいた時、頭の中で、柏原香織《かしわばらかおり》のことを考えていた。ひょっとすると、彼女は、かつて陰陽師の西野家に仕えた式神の子孫なのではないかと、そんな勝手な妄想を働かせていたのである。

「それは、陰陽師として、陰陽道を学んでいますからね」

「陰陽道というのは、どんなものなんですか？」

「中国の陰陽五行の思想に基いて、平安時代に盛んに行われています。禍《わざわい》を避け、福を招く方術といわれています。主に、卜筮《ぼくぜい》で吉凶を占い、加持祈禱を行ったようです」

「現在の一条家や西野家の人たちも、先祖と同じ力を持っているんでしょうか？」

「今もいったように、人々が、信じるか否かに、かかっています」

と、住職は、同じ言葉を繰り返した。

沢田と仲子の二人は、住職に礼をいってから一条寺を出た。参道を出ると、急に周囲が騒がしくなったように感じた。それだけ、あの寺の境内は、ひっそりとしていたということだろう。

「今でも、陰陽師というのは、残っているのかな？」

御所に向かって歩きながら、沢田が、いった。

「たぶん、残っていないと思う。まさか、いくら千年の都でも、陰陽師が今もいるとは思えないもの」

「しかしね、一条寺という寺には、一条家のお墓しかない。いや、先祖が同じ陰陽師だった西野家のお墓もあるが、他のお墓は全くない。いかにも京都らしく何も変わらないような気がして仕方がないんだ。ところで、君は、一条寺のことを、京子と話したのか？」

「いいえ、何も話してないわ。正直なところ、聞いてみたかったけど、聞けなくて黙っていたのよ。京子が、自分の先祖が、安倍晴明と同じ、陰陽師だったことを、喜んでいるのか、それとも、嫌がっているのかが分からなかったから。それに、ちょっと怖かったこともあるわ」

と、伸子が、いう。

「怖かったって、いったい何が、怖かったんだ？」

「ひょっとすると、今でも、京子が安倍晴明のような、何か、すごい力を持っていたら、何をされるか、分からないもの。それって怖いわよ」

と、伸子が、いう。

その顔は、ちょっと、ゆがんでいて、笑ってはいなかった。

「これからどうするんだ？」

と、沢田が、聞いた。

「実をいうと、私は、陰陽師にすごく興味があるの。ちょうど京都大学には、専門家の先生がいるから、そこに行って陰陽師の話を聞いてみたいと思っているんだけど」

と、伸子が、いう。

「そんなことをいっても、大学は、今は夏休みだろう？　先生も休んでいて、君が会いたいと思っている先生も、いないんじゃないのか？」

「今は夏休みで、学生はいないと思うけど、市民向けの公開講座をやっているみたいよ。その先生の中に陰陽師の研究家もいたら、何とかして、話を聞いてみたいと思っているの」

　仲子は、熱心だった。

　仲子がいったように、京都大学では、一般市民向けの公開講座が、行われていた。

二人は「古都の真実」と題した公開講座が終るのを待ってから、講師に会った。

「平安京」の研究をしている氏家《うじいえ》という准教授である。

　仲子が、得意のおしゃべりで氏家を説き伏せ、近くのカフェで、三人で、話ができるようになった。氏家は、三十代の若い准教授である。

「私は、もともと東京の人間なんですが、以前から、京都という町に興味がありましてね。平安時代の京都について研究をしていて、平安京のマニアに、なってしまったのです。特にその時代には、陰陽道に従って政治が行われていましたから、陰陽師の力というものが、かなり、大きかったと思うのです。私は陰陽師といえば、安倍晴明の名前をよく聞くので、何となく、安倍晴明一人だけが、天皇の政治に寄与していたものと思っていたのですが、天文学などに従って政治をやっていたわけですから、たった一人の、陰陽師のいうことだけを聞いて、天皇が、政治をやっていたはずはないのです。ですから、今、お二人がおっしゃったように、天文を見て、卜筮を立て、それに従って天皇に政治の目標を伝えていたわけですから、四人の陰陽師というのは、大いにあり得ることだと思います」

と、氏家准教授が、いった。

「今、私たちは、安倍晴明以外の陰陽師の子孫と、付き合っているのですが、その人は、今でも、陰陽師としての力を、持っているでしょうか？」

と、沢田が、聞いた。

「私も京都に、住むようになってから、同じことを、ずっと考えています。現代の安倍晴明が、平安時代の陰陽師のような力を持っているのかどうかとなると、それを信じる人はほとんどいないと思っていました。リアルな世に生きる現代人だからです。そしかし、京都に長く住んでいると、陰陽師が今もいると、思うようになりました。それが、もっとも強く現われているのは、延々と続く祭りですよ。特に祇園祭は、今も、昔通りの形で行われています。大文字の送り火も同じです。割木を燃やしています。電気でネオンにすれば、簡単だし、雨が降っても大丈夫なのに、頑として変えない。昔通りにしている。私は、京都の祭りの中に、平安時代が生きていると確信しました。この祭りの中に陰陽師が現われても、人々は何の違和感もなく、受け入れるんじゃないか、と思ったのです。その時に、陰陽師が力を見せれば、その存在を信じるのではなく、人々が陰陽師の存在を信じるかどうかにかかっていると、気付いたのです。京都の人々には、それを信じる力がある。それは、即ち、陰陽師が存在できるということなのです」

「一条寺の住職が、同じことを、いっていました」

「そうですか。嬉しいですね。同じ意見の方がいるのは、心強いと感じます」

「こういうことですか」

と、沢田がいった。

「東京の人々は、陰陽道なんか信じようとしない。それだから、陰陽師は、存在できない。京都の人たちは祭りの時に、千年の昔のままの祭りをしている。だから、陰陽師も生きていられると」

「そうです。特に、祭りの時にはです」

「今でも、晴明神社には、陰陽道の例の星の形とか、縦に四本、横に五本の線が引かれているマークが使われていますが、この二つの印は、今でも、力があるんでしょうか？」

と、仲子がきいた。

「私も、最初は、全く信じませんでした。単なるマークと思っていたのです。しかし、京都のいくつかの祭りを見ているうちに、少しばかり、他の町の祭りとは違うなと思うようになったのです。何しろ、祇園祭など、千年以上続いていますからね。延々と続く祭りを持っている都です。千年といえば、安倍晴明が、陰陽師として活躍する時代から続いている祭りです。その上、変ることのない祭りです。参加する人々の思いが、変らない限り、全て変らない。今も、陰陽師は生きて変らぬ力を持ち、都の平穏を祈っている。そう信じた方が千年の都にふさわしいんじゃありませんか。私は、平安京の政治を研究するために来たんですが、東京の風土と全く違ったものを、この京都には感じるんですよ」

「その中に陰陽師や陰陽道も、入っているんですか？」

「その通りです」

「じゃあ、やっぱり晴明神社の二つのマークは、今でも、呪符としての力を持っているんですね。それはたとえば、恋愛成就なんかにも効くものでしょうか」

と、仲子は、熱心に聞く。

「私は、一度も試したことがないので分かりません。しかし、京都の人たちの中には、今でも、あの星のマークと、縦横の線には、不思議な魔力があると信じている人が、かなりいる筈です」

と、氏家が、いった。

「しかし、実際には、何の力も、ないんじゃありませんか？」

沢田が、意地悪く、きいた。

「それは、どうでしょうかね。現在でも力があるのかどうかは、今もいったように、どのくらいの人が、それを、信じているのかによって違うのではないかと、思うのですよ。もし、日本中の人たちが、あの星のマークや縦横の線に、何らかの力があると信じているとしたら、自然に、あのマークは、力を、持つようになるのです。ですから、私は現代には生きていないとか、力がないとはいえないと、思っています」

氏家は、強い口調でいった。

「つまり、京都の人間の何パーセントが、あの陰陽師の力を信じているかどうかで違ってくる。先生は、そういわれるわけですね？」

「ええ、私は、そう思っている。いや、そう信じています」

氏家准教授が繰り返す。

「いろいろと貴重なお話をお聞かせいただき、ありがとうございました」

二人は、礼をいって、氏家准教授と別れ、石塀小路に帰ってみると、京子と香織の二人は買い物に出ていて、三浦《みうら》も、散歩から戻っていなかった。

「調べてみましょうよ」

仲子が、勢い込んでいった。

沢田がためらっていると、仲子は、外に出て、家の周囲を、調べてから戻ってきて、

「やっぱり、あったわ。この宿の正面に、星のマークが付いていたわ」

と、興奮した口調で、いい、

「京子の部屋やオフィスがどうなっているのか、それも調べてみましょうよ」

と、いう。

沢田は一瞬、断りかけてから、急に、

「やるなら、手早くやろう。京子たちが帰ってくると、まずいから」

と、腰を上げた。

二人で、京子の部屋とオフィスを調べた。残るのは、香織が寝泊まりをしている小部屋である。

京子のオフィスには、柱時計の下に、あの星のマークが、描かれていた。

香織が不在のうちに寝泊まりをしている小部屋を覗くと、こちらの壁にも、星のマークと、縦四本、横五本の線が、引かれていた。

思わず二人は、顔を見合わせてしまった。

その日の夕ご飯は、京子が、作ってくれた。食堂で、夕食を取りながら、隣りに座

った仲子が、しきりに沢田のひじを突っついた。陰陽師の件について、京子に、聞いてみろという、仲子の合図だとわかったが、沢田は、すぐには、聞けなかった。

仲子は、それがじれったかったのか、

「今日、沢田さんと一緒に、一条戻橋を見に行ったの」

と、京子に、話しかけた。

「昔から、あの橋から先は、あの世で、鬼の住《す》み処《か》だといわれているんだけど、何も、なかったでしょう」

と、いって、京子が、笑った。

「一条戻橋の近くに、一条寺というお寺があってね。珍しいお寺だから、中に入ってみたら生け花で有名な一条家のお墓が、ずらりと、並んでいたわ。住職さんに聞いたら、一条寺というのは、一条家の菩提寺なんですってね」

そういっておいて仲子は、京子の顔を、じっと見ていた。

京子が、自分の西野家も、平安時代には陰陽師の家だったという話を、彼女のほうからするのではないかと、仲子は、期待していたらしいのだが、京子が、一向に、話す素振りを見せないので、

「一条寺の境内に、入っていったら、奥のほうに、大きなお墓があったの。その墓石

をよく見たら、西野家代々之墓と書いてあったんだけど、あの西野家のお墓は、京子の先祖のお墓じゃないの？」

と、聞いた。

沢田も、京子が、どんな返事をするのかとじっと見ていると、京子は、

「そうなのよ」

と、あっさり答えたので、伸子は、さらに続けた。

「一条家の先祖というのは、陰陽師の一人だったらしいけど、西野家の先祖も陰陽師だから、あのお寺にお墓があるのかしらね？」

「どうして、一条寺に、西野家のお墓があるのか私にはわからないのよ。いつか調べてみようとは思っているんだけど」

（嘘だな）

沢田は、反射的に、思った。

京都は古い街である。そして、長い歴史を持っている街でもある。観光客は、毎年たくさんやって来て、帰ってしまうが、住民は、その京都に、二百年、三百年という長さで住んでいるのだ。そんな中で、暮らしている京子が、自分の先祖の墓のことを、何も、知らないはずがないのである。

「私も、京子と長い付き合いだけど、京子の先祖が、有名な安倍晴明と同じ陰陽師だったとは、全く知らなかった。でも、この家の正面を見たら、あの、星のマークがあったわ。京子は陰陽師の子孫なんでしょう。きっと何か、私たちの知らない、すごい力を、持っているんじゃないの？」

と、仲子が、聞いた。

京子は、仕方がないなというように、小さく笑って、

「私はね、そのことには、あまり興味がないのよ。亡くなった祖父や祖母は、自分たちの先祖が、陰陽師だったことを誇りに思っていたようで、紙に、星のマークを描いて、家のあちこちに貼ったりしていたけど」

京子が、笑いながら、いった。

「でも、残念なんでしょう？　昔みたいに、陰陽師としての力があれば、どんなことでも、できるんだから」

仲子が、しつこくからんでいく。

京子は、また笑って、

「取りあえず、今は、食事をしましょうよ。陰陽師については、食事の後で、コーヒーでも飲みながら、ゆっくりと話してもいいから。還暦を目前にして、女同士の秘密

の話も、いろいろとあるしね」

夕食が終わった後、仲子は、京子のオフィスに入っていって、二人だけで、陰陽師についての話を始めたらしい。

沢田と三浦は、ロビーでコーヒーを飲みながら、仲子と京子の話が終わるのを待っていたが、

「大丈夫かな?」

と、心配そうに、三浦が、いった。

「大丈夫かって何が?」

「陰陽師というのは、今から、千年も前の、平安時代の人間だよ。そんな昔のことをムキになって、仲子が、京子に聞いているというのは、何とも、異様だよ。京子だって、どう答えたらいいのか、内心困っているんじゃないのかね?」

「仲子のほうは、自分の目で発見したから、夢中になっているんだと思うね。僕も今日一条寺に連れていかれて、びっくりしたんだ。京子が、あの安倍晴明と同じ陰陽師の子孫だなんて、今まで、全く知らなかったからね」

と、沢田が、いった。

「君は大学時代、京子と同棲していたんだろう?」

「ああ、昔の話だけど、そんなこともあったな」

「その時、京子が陰陽師の子孫だということは、知らなかったのか？　同棲している時に、そんな話が出たことはなかったのか？」

「いや、全く知らなかった。陰陽師については、京子が、何も話してくれなかったからね。今日初めて知ったんだ」

「京子自身は、どうなんだろう？　平安時代に自分の先祖が、安倍晴明と同じ陰陽師だったということは、自慢なんだろうか、それとも、隠しておきたいことなんだろうか？」

三浦が、聞く。

「そういうことも一度も話してくれなかったな。だから、京子にとって、先祖が陰陽師だったということは、あまり自慢したくないことだったかも知れない。もし、彼女が、自慢できることだと思っていたんなら、僕にも話していたはずだ。そんな気がするんだが」

「それ、反対じゃないか」

「反対って？」

「自慢だったが、信じてくれないと思って、黙っていたということだよ」

「かも知れないな」

「それにしても、仲子は夢中だな。仲子が京子なら、今頃は、皆を集めて、自分の祖先が、陰陽師だったということを大声で喋っていると思うけどね」

と、三浦が、いった。

「正直にいうとね、僕は、少しばかり、不安なんだ」

と、沢田が、いった。

「不安って、京子が陰陽師の子孫だということがか？」

「ああ、そうだ」

「しかし、別に、君が不安がることじゃないだろう。今の京子は、陰陽師じゃないんだから」

「それはそうだが、何といっても、ここは千年の古都だからね。現代人の京子だって、陰陽師のような念力を、持っているかもしれないよ」

沢田の言葉に三浦は、笑って、

「少しばかり、神経質すぎるんじゃないのか？　たしかに、今は、忍者ばやりだけど、現代の忍者は、昔の忍者のように、いろいろな術を使うことはできないだろう？　この間、忍者の力とかいうタイトルのテレビ番組があって、昔、忍者が使った水上歩行器をはいて、忍者のように、池を渡ろうとしたらアッという間に、沈んでしまった。まあ、そんなものだよ」

と、いった。

「君は、陰陽師の力というものを、信じないのか？」

「その力って、具体的にいうと、どんな力のことなんだ？」

「例えば、過去と未来を自由に往来したり、指一本で、馬や牛を倒したり、遠くに離れた人間を、動かして見せたりする、そういう力のことだよ」

「そういう力があればいい。何でもできて、自分の思い通りになるといいと、僕だって思うけどね。現実の世界には、そんな力は、あるはずがないんだ。人間の力なんて、たかがしれているよ。だから、誰もが苦しむんだ」

三浦が、醒めた顔で、いった。

深夜になっても、オフィスで、京子と話をしている仲子は、なかなか、戻ってこない。そのうちに三浦も沢田も待ちくたびれて、自分の部屋に入って、布団に潜り込んでしまった。

2

翌日、朝食の時に異変が起きた。沢田たちが食堂に、集まっても、仲子が部屋から出てこないのである。

「仲子を呼んできて」

京子が、朝食の手伝いをしている香織に、いった。

香織が二階にある部屋に、仲子を迎えに行った。

その直後に、突然、二階から香織の悲鳴が聞こえた。沢田たちの目が、一斉に、二階に向けられると、大きな足音を立てて、香織が二階から降りてきた。

最後は、滑り落ちる感じで、香織は、京子に向かって、

「大変です。金子《かねこ》仲子さんが、布団の中で死んでいます」

と、叫んだ。

「やめてよ。朝っぱらから、変な冗談はいわないで」

と、京子が、叱る。

それでも、香織は、青ざめた顔のまま、震える声で、

「冗談じゃないんです。すぐに一一九番してください」

と、いった。

三浦が、二階に向かって、階段を駆け上っていった。そのまま、下に向かって、

「すぐに一一九番してくれ、ひょっとすると、まだ息が、あるかもしれないよ！」

と、叫んだ。

すぐ救急車が、呼ばれた。

しかし、駆けつけてきた救急隊員は、伸子の様子を見るなり、

「すでに亡くなられています。警察に電話をしてください」

と、いった。

その後は、大変だった。パトカーが二台やって来た。京都府警の刑事もやって来て、沢田、三浦、京子、それに、香織も、質問攻めにあった。

伸子は、布団の中で死んでいたが、まるで、眠っているかのように見えた。それでも、彼女が、死んでいることは、誰の目にも、明らかだった。あのおしゃべりな伸子が、一言も発しないからである。

検視官が、すでに、死体となってしまった伸子の体を調べていたが、

「おそらく、薬物の過剰摂取」

と、短く、いった。

死体は、司法解剖のために、大学病院に回され、中川《なかがわ》という警部が改めて、沢田たち全員の事情聴取に当った。警察は、これが、殺人なのか、自殺なのか、その判断に、迷っているようだった。

沢田たちは口を揃えて、自殺とは、思えないと、中川警部に、いった。伸子は、京都の街や歴史に、興味を持っていろいろと、調べていた。そんな彼女に、自殺をする理由は全くないと、強く主張したのである。

中川警部は、沢田たちをロビーに集めて、突然、こんなことをいった。

「亡くなった金子伸子さんですが、皆さんは、彼女に若い恋人がいることを、ご存じでしたか？」

中川警部の、その言葉を聞いて、沢田たちは、顔を見合わせてしまった。祇園祭の夜のことを、思い出したからである。

「若い頃のご友人たちは、ご存じない事情が、他にも色々あったかもしれません」

中川が、いった。

「しかし、彼女に限って、自殺は考えられませんよ」

と、沢田が、中川警部に、いった。

「それは、どうしてですか？」

と、中川警部が、聞く。

「彼女は、ここに来て平安時代の陰陽師について、大変な関心を、持っていたんです。そのことを、昨日もいろいろと調べていましたよ。安倍晴明についても興味津々で、夕食の後だって、この旅館をやっている同窓の西野京子さんと、二時間以上もしゃべっていたんですから。どうして、あれほど、陰陽道に興味を持っていたのか、刑事さんから話を聞いて、改めてその理由も分かりましたよ」

「どう分かったんですか？」

「陰陽師は、いろいろと人の心を動かせるものでしょう。若い恋人との行く末に悩んでいた彼女は、それがうまくいくようにと、一生懸命になって、陰陽道のことを調べていたのではないかと思うのですよ。そんな積極的な彼女が、自殺するとは、どうしても思えない。陰陽師や陰陽道に対する興味の持ち方は、異常なほどでしたし、自分の誕生日を京都で迎えるのも、楽しみにしていました。人生を諦めたりしているようなことは、全くなかったと思いますよ」

沢田は、強い調子で、いった。

しかし、ショックの大きさからか、誰ひとり、言葉を発することはなかった。

第六章　甦《よみが》える過去

1

京都で、難解な事件が起きている。京都の女性、西野《にしの》京子《きょうこ》を中心とした事件である。今のところ、京都の外に影響は出ていない。しかし、東京で、この事件をじっと、見つめている、一人の刑事がいた。警視庁捜査一課の十津川《とつがわ》警部である。

十津川の前には、十年前に起きた事件の捜査報告書が置かれている。その時、東京で起きた奇妙な事件を担当したのが、十津川だった。

十年前の八月五日、暑い盛りだった。この日、築地の料亭「若竹」。ふぐ料理で有名な料亭である。そこで、六人のグループ客がふぐ中毒にかかり、築地のK病院に運ばれた。その中の一人、千賀洋《せんがひろし》、年齢五十歳。この千賀洋一人が、ふぐ中毒で死亡し、後の五人は十日間入院したのちに、助かって自宅に帰ることが出来た。その時の客の名前も、十津川の手帳には書かれている。

・西野　京子
・三浦《みうら》　正之《まさゆき》
・沢田《さわだ》　秀一《しゅういち》
・金子《かねこ》　伸子《のぶこ》
・長谷川《はせがわ》　勝昭《かつあき》

そして、死亡した千賀洋である。

「全く同じだな」

と十津川は呟いた。現在、京都で五人の大学の同窓生が集まっていて、その中の一人、長谷川勝昭が先月急に死亡していた。そして今日もう一人、金子伸子が死んだと伝えられてきたのである。十年前のあの時と、全く同じ名前の男女の集まりだった。

十年前のふぐ中毒の時も全員が、東京で同窓会をしていた。その中で、誰かが、ふぐ料理を食べたいといい、築地にあるふぐ料理の店「若竹」に行ったのである。

そして、彼等の中の一人、千賀洋が死亡した。残りの五人が、十年後の今、同じく、同窓会で集まり、二人が死んでいるのだ。

「これは、十年前の事件と、どこかで、つながっているのだろうか？」

十津川は呟き、手帳に書かれた六人の名前を眼でなぞっていった。

十年前に、この事件を担当した十津川だが、最初から、殺人事件とも、中毒事件ともはっきりしないまま、捜査は始まった。その間、生き残った五人に会って何回も十津川は話を聞いた。五人とも、同じ主張をした。これは偶然の事故で、誰も死んだ千賀洋を、憎んでもいなかったし、死んで欲しいとも思っていなかった。たまたま、千賀洋が毒に弱い体質で、そのために彼一人が亡くなったのではないか。暗く嫌な事件だから、少しでも早く忘れたい。また自分たちは、なるべくこの事件について、話をしないようにしていると、五人の男女が、十津川に打ち明けたのである。

十年前の八月五日に、どうして六人で、ふぐ料理を食べに行くことになったのか十津川が聞いたことがあった。大学時代の同窓会、この時たまたま京都に住む西野京子が、東京にやって来たので、大学時代親しかった仲間が集まって、ふぐ料理を食べに行った。これは、五人とも同じように証言していた。そして十津川が更に突っ込んで聞くと、五人ともひょっとすると、あの時に死んだのは自分だったかもしれない、たまたま千賀が体質的に毒に弱く、またふぐ毒の強い部分が千賀の料理に入っていた。もし、それが自分の料理に入っていたら、自分が死ぬところだったと、五人は異口同音にいった。

この事件は十年前、最初は殺人・事故死両方で調べていたが、途中から殺人事件の捜査に絞られていった。しかし、危うく助かった五人が千賀洋を殺す理由を、誰も持っていなかった。もちろん、隠れた理由があるのかもしれないが、十年経った今も十津川には、そうした、隠れた殺意が見つかってはいないのである。

十年も経っていながら、容疑者が浮んで来ないのだから迷宮入りに近かった。十津川はそれを覚悟していたのだが、今年になって突然、十年前の中毒事件が甦えって来たのである。

あの時、一人が死に、五人が生き残った。その五人が、現在京都に集まり、その内の二人が、死んでいるのである。それもただの死亡ではなくて、殺人事件の匂いがすると、京都府警から連絡が来た。

十津川は、亀井《かめい》刑事と京都に行くことを決めた。

五人が京都に集まり、その内の二人が殺されてしまったのである。残るのは三人。その三人が京都にいる間に話を聞きたかったからである。

京都駅で降り、石塀小路までバスを乗り継いで、そこにある小さな料亭、西野京子の「料亭旅館京子」でまず、西野京子に会った。

京子も十年前の事件で十津川に尋問されたことを覚えていた。

「まだ、あの事件を捜査なさっているんですか」

京子が聞く。十津川は仕方なく笑いながら、

「もう、十年経ちましたがね。刑事というのはしつこいもので」

といってから、

「長谷川勝昭さんも金子伸子さんもここに来て、死んでしまいました」

「ええ、もう恐ろしくて。いったい、何なんでしょうか」

「十年前のあの事件が尾を引いているとは思いませんか?」

十津川が、聞くと、京子が笑った。

「そんなこと、ある筈がないじゃありませんか」

「どうしてですか?」

「もし尾を、引いているんなら、十年も経たないうちに、あの時の五人は、どうにかなっていますよ」

途中で柏原香織《かしわばらかおり》が、茶菓子を運んできた。

「どうぞ、召し上がって下さい」

と、京子がいう。柏原香織は一礼して下がっていった。

「今の女性ですが」

十津川が、いった。

「あの子は看護師さんなんですよ。偶然、三浦さんを看てくれたことがあって、それから一緒に来て手伝って貰ったりしています」

と、京子が、いう。

「それだけじゃないでしょう」

十津川がいうと、京子は「えっ？」という顔になって、

「どうしてそんなことをおっしゃるんですか。まさか、彼女まで十年前の事件に関係があるというんじゃないでしょうね？」

「いや、関係があるんですよ。知らなかったんですか？」

逆に十津川が聞いた。

「もちろん、全然知りませんよ。だって、初めて会ったんですから。第一、今彼女は二十八歳ですよ。十年前といったら十八じゃないですか。そんな子が、どうして、十年前の事件と関係があるんですか？」

「本当に知らないんですか？」

「ええ、もちろん知りませんよ」

「十年前、築地の料亭でふぐ中毒が起きて、一人が死に、残ったあなた方五人が、築地のK病院に入院しましたよね？　十日間入院し、その後退院した」

「その通りですけど」

「その時、皆さんのケアをした看護師さんがいた筈です」

「ええ、もちろん覚えていますよ。確か、今も、K病院で看護師をやってらっしゃる人でしょう。あの事件は思い出したくない事件ですけど、その看護師さんには、年賀状を必ず送るようにしていますから」

　と、京子がいう。

「あの時、看護師さんが二人いたでしょう？」

「ええ、そうです。その両方の方に、年賀状を出していますよ」

「他にもう一人、まだ、看護師の資格を持っていない学生がいたでしょう。国家試験を通る前の学生さんですよ。その学生が皆さんの世話をしていた筈なんですけどね。覚えていませんか？」

「そういえばいかにも、まだ本物の看護師になっていない、若い女の子が、時々私たちの世話をしに来ていましたね。私たちは、学生さんと呼んでいたんですけど、まさか、あの学生さんが柏原香織さんなんですか？」

と、京子が驚いた顔で聞いた。

「そうです。これが、その時の学生さんですよ」

といって、十津川は当時の写真を取り出して京子の前に置いた。

一応看護師の格好をしている、十代の学生である。正看護師と違うのは、頭にかぶる帽子と胸に付けた名札である。

「この人の顔に、見覚えはありませんか？」

というと、京子はその写真をじっと見つめて、

「確かに、この学生さんが時々世話をしてくれていましたけど、まさか柏原香織さんだとは考えてもいませんでした」

「看護師の格好をすると、私服の時とは別人に見えますからね。しかし間違いなく、さっき来た女性は、十年前のこの学生さんですよ」

と、十津川がいった。

「でも、彼女に今度会ったのは偶然なんですよ。三浦さんに糖尿の気があって、具合が悪くなって困っていた時に、彼女が自分は看護師の資格があるからと言って、助けてくれたんです。私たちは皆、その時に初めて彼女に会ったと思っていたんですけど、本当に十年前のあの学生さんなんですか？」

「間違いありませんよ」

「でも、その人がたまたま京都に来ていた。これは、偶然ですよね。別に、彼女を呼んだ訳でもないし。三浦さんが糖尿の気があって、倒れてしまったのも、偶然ですから」

京子は、不自然なほどに「偶然」を繰り返した。

「今、沢田さんと三浦さんの二人は外出中ですか?」

亀井が聞いた。

「ええ。間もなく帰京するので、もう一度京都を歩いてみたいといって、お二人で一緒に、外出されたんです」

「帰ってきたら、その二人にも、聞いてみて下さい。この写真、十年前の写真を置いていきますから。看護師志望の学生とあの看護師、同一人かどうか、確認したいですから」

十津川がいった。

「三浦さんと、沢田さんは、いつ東京に帰るんですか?」

「明日、午後。ここで、昼食をとってから帰ることになっています」

と、京子がいう。

「それでは、明日の昼前に、もう一度伺います。三浦さんと沢田さんにも、話を聞きたいですから」

と十津川は、繰り返した。

2

雨が、降り出していた。小雨である。しかし、秋を感じさせる冷たい感触があった。東京よりも京都は、いち早く秋になったような気がした。それでも三条烏丸にあるホテルまで、十津川と亀井は歩いて行くことにした。

頭をはっきりさせるには、冷たい雨の方が合っているかもしれないと、思ったのだ。

「びっくりしましたね」

と亀井がいった。

「看護師のことか」

「そうですよ。あれは間違いなく十年前、看護師志望の学生だった女性で、現在看護師の資格を持っている。そのことを、本当に西野京子は、知らなかったんでしょうかね」

「私はあまり疑ってないんだ。確かに十年前は学生で、看護師の国家試験を受ける前だったが、一応病院では、看護師の格好をしていた。ユニフォームを着ると全然、別の人に見えるからね」

「看護師の方はどうなんですかね。十年前にK病院に入院していた連中だとわかっていたんでしょうか？」

「知っていた可能性が高いといえば、看護師の方だが、お互いそんな話はしていないように思えるね」

「そうですね。それにしても、偶然すぎますよ」

「偶然すぎるか。しかしあの時、連中は五十歳だった。とすると、今は全員が六十歳の還暦か、あるいはその手前だ。人生の一区切りだよ。そこで、何か考えがあって集まったのかもしれないし、その中の一人か二人が何か企んでいるのかもしれない。明日残りの二人に会えば、何かわかるかもしれない」

と、十津川がいった。

翌日、十津川と亀井は、約束した通り、昼前に石塀小路の西野京子の料亭に向った。昨日は会えなかった三浦正之と沢田秀一に会うことが出来た。ちょうど、食事前である。慌ただしさの中で、十津川は、簡単に二人に話を聞くことにした。

「昨日、西野京子さんにも聞いたんですが、皆さん十年前にふぐ中毒の事件に遭遇して、急遽、築地の病院に入院されましたね」

「そうですよ。あの件は思い出したくもない話なんで、忘れたいと、思っているんです」

と、沢田も三浦もいった。

「もう一つ、看護師さんの件はどうですか。西野さんに聞きましたか？」

「聞いて、びっくりしているところですよ。確かにK病院に運ばれていった時に、看護師さんが二人いて、もう一人、若い学生さんがいました。国家試験を受けるんだといって勉強していた、看護師さんの補助をしていた人ですね。あの時の学生さんが、まさか柏原香織さんだとは、考えてもみなかったですよ。人生ってわからないものですね」

と、沢田がいった。

「彼女は、何もいわなかったんですか？　三浦さんが糖尿で具合が悪くなった時に、助けてくれたそうじゃありませんか。その後、この家で働いている。その間に、十年前のことをいいませんでしたか？」

亀井が聞いた。

「いや。全くその話はしませんでしたね。だから我々も、気付かなかったんです」

三浦がいった。

その後、昼過ぎの新幹線で沢田と三浦は東京に帰るというので、十津川も同じ列車に乗って二人から更に詳しい話を聞くことにした。二人が、グリーンに乗るというので、十津川たちも奮発してグリーンに乗り、座席を向かい合わせにして四人で、話をすることにした。幸い、周囲にはほかの乗客はいなかった。

沢田が車内販売で、四人分のコーヒーを頼んだ。

「私のおごりです」

という沢田に向かって、十津川は、

「そういう訳には、いかないんですよ。規則で禁じられていますから」

といって、亀井と二人分のコーヒー代を払ってから、

「皆さん、確か大学の同窓ですよね？」

「そうです。十年前の時も同窓会でした」

「皆さん五人の他に、あの時亡くなった方がいた。確か、千賀洋さん」

「そうです。彼も、もちろん、大学の同窓です。しかし、ふぐ中毒にはびっくりしましたが、彼が死んでしまったのには、がくぜんとしました。確かに、体質的に、毒に

は弱いと医者はいっていましたが、それにしてもふぐ中毒で、同窓生が一人死ぬとは考えてもいませんでしたから」

と、沢田がいった。三浦の方はコーヒーを飲みながら、

「十年前の事件をまだ捜査してるんですか？」

「刑事の宿命みたいなもので、一度引き受けた事件は、解決するまで、追いかけるんですよ」

十津川が笑いながらいった。「それにしても」と亀井がいった。

「今回、皆さん京都に集まったわけですよね。集まった五人の中の二人までが、亡くなってしまった。このことについては、どう考えていらっしゃるんですか？」

「そうですね。お互いに年を取った、弱くなった。そう思っています」

三浦がはぐらかしたようなことをいった。

「しかしまだ、六十歳でしょう。六十代で死ぬのは、偶然じゃないですよ。何かが働いて死んだんです」

亀井が断定すると、沢田が、

「ひょっとすると、『陰陽師』かもしれませんね」

と、わざと冗談めかしていった。

「陰陽師って、あの陰陽師ですか?」

「陰陽師というと、例の安倍晴明《あべのせいめい》ですか?」

亀井が、十津川に続けて、聞いた。

「実は西野京子の家は、平安時代には、陰陽道を実行する陰陽師だったといわれているんです。安倍晴明と同じように、陰陽道を学んでいて、当時の天皇から天文とか災害について問われて、それに答えていた。宮廷に仕えていたといいます」

と、沢田がいった。

「そうすると、西野京子さんも、陰陽道を、勉強しているんですか?」

「本人は興味がないといっていましたが、先祖代々伝えられてきたものですから、全くしてないということもないいんじゃないですか」

と、三浦もいった。

「今度、彼女に会ったら是非、その話を聞きたいものですね」

十津川がいった。

新幹線は少しずつ、東京に近付いて行く。十津川は少し焦りながら、二人に聞いた。

「十年前に戻って思い出して貰いたいんですが、六人で、ふぐ料理を食べましたよね。中の一人が死んだ。皆さんの中で、医学に詳しい人はいませんでしたか?」

「いや、ほとんど文科系の卒業生だし、医学部の人間は、いませんでした」

あっさり沢田がいった。

「卒業した後、飲食関係の仕事をやっていたのは、ステーキハウスのオーナーの長谷川さんだけですか」

「他に、西野京子がいますよ。彼女は昔から、京都で、料亭旅館をやっていましたからね。それに彼女、勉強熱心だから京料理の他にも、いろんな料理を、研究していたんじゃないですかね」

三浦が、いった。

「十年前ですが、どうして、東京に集まってふぐ料理を食べに行ったんですか？　誰があの時、ふぐを、食べたいといったんですか」

亀井が聞いた。

「どうだったかなあ」

と、二人の男は顔を見合わせた。それから、

「あ、そうだ。西野京子が、現在料亭旅館をやっているが、ふぐ料理というのはまだ出したことがない。一度ふぐ料理を食べて、それを自分のところで、出せるかどうか、調べてみたい。そんなことをいったので全員で、築地の料亭に行って、ふぐを食べる

ことになったんですよ」

と、三浦がいう。

「あの時、ふぐ中毒で、千賀洋さんが亡くなりましたよね。何故、あの人だけが、ふぐ中毒で死んだんでしょうか。十年前にも、皆さんに聞いたんだけど、はっきりしたことはわからなかった。皆さんは、こういったんです。自分たちはふぐ料理を食べたのは初めてだから、何にもわからない。何故、千賀洋だけが、死んだのかもわからないとね」

「その通りです。皆びっくりして呆然としてしまったんです。あの料亭は、ふぐ料理の専門店ですよ。そこで、ふぐを食べて死んじゃったんだから。あれは、明らかに、料理人の失敗ですよ。間違えたんだ。ふぐ毒を取り去るのを失敗したんですよ。そうとしか、考えられません」

と、沢田がいう。

「確かに十年前も皆さん、そう、いいましたね。その後、われわれは、あの料亭で働いている料理人のことを調べたんです。あの日、ふぐ料理を作った料理人は、すぐ、クビになりました。その後、三年して、九州で亡くなったという話を聞きましてね。九州に訪ねていったんです。博多の、小さなふぐ料理の店で働いていて、東京で客を一人死なせてしまった、そのことがいつも彼を責め苛《さいな》んでいて、ふぐ料理は扱わず、雑役みたいな仕事をやっていたそうです。その上、酒浸りになって死んでしまったんですが、同じ店で働いていた同僚に、話を聞くと、あの事件のことを、自分が、ふぐ料理を失敗して人を一人死なせてしまったと、いわれているが、自分は絶対に、間違った料理はしていない。だから、悔しくて仕方がない。そういいながら、死んでいったそうです」

「何をいいたいんですか？」

三浦が眉をひそめて、十津川を見た。

「では、遠慮なくいいますよ。あの時、六人の同窓生でふぐ料理を、食べに行った。個室であなた方六人だけで、ふぐ料理を食べた。ですから、自分たちで、勝手なことも出来た。例えばふぐの毒を、持ち込んで、亡くなった千賀洋さんの食べる料理の中に入れておいた。そんなことも考えられるんですよ」

「しかし、我々には千賀洋を殺さなければならない理由なんか、全くありませんでしたよ。全員が五十歳近くなっていましたからね。それぞれ、家庭もあって、中には孫が生まれた人もいた。そんな時に、何年か振りに、みんなで同窓会をやろうというので、集まったんです。その五人の中に、千賀洋を、殺したい人間がいたとは、とても、思えませんがね」

と、三浦が続けた。

「しかし、あの時調べたんですが、亡くなった千賀さんの経歴が、他の五人の方とは少し違っていましてね」

亀井がいった。

「どんな風に、違っていたんですか？」

沢田が聞く。

「その前に、確認したいんですが、何年か振りに六人で会った訳でしょう。それまで、六人が親しく付き合っていたわけじゃないんでしょう？」

「そうなんです。久し振りに皆に会いましたね。特に、千賀洋は、他の五人にはそれまで会っていなかった。従って、彼がどんな生活を送っていたかは、その時は、知りませんでした」

「それで、皆さん、どんな感じがしていたんですか？」

「あの時は奇妙でした。奇妙なショックです。だって、我々の中でたった一人だけ死んでしまったんですからね。何だか、彼が死んだのは、自分たちの責任のような気がして、事件のあと、みんなで触れまいという暗黙の鉄則みたいなことが出来ていましたね。あの事件について話したら、また自分たちの責任ではないか、どうしてあの時にわざわざふぐ料理なんか、食べに行ったのか、そんな反省が、傷になるからです。それなのに、今度は、突然、十津川さんが、やって来て、我々に、十年前の事件を思い出させたんですよ。しかも、長谷川に続いて、金子までこんなことになってしまった直後ですから、みんな、困っています」

「しかし、皆さんが、関っている事件ですよ」

と、十津川がいった。

「それは、わかっていますよ」

「亡くなった千賀洋さんの経歴ですが、皆さんは、それぞれ公務員や教員をやったり、料亭旅館をやったり、ステーキハウスをやったり、きちんとしたというと、おかしいんですが、安定した生活を送っていた。しかし、千賀洋さんの方は、当時の経歴が、はっきりしないのです。ブラジルに行ったり、そうかと思うと、九州の博多或いは名古屋辺りでテキ屋みたいな仕事をやったりでしっかりした仕事には、就いていません。付き合っていた女性はいたらしいんですが、結婚していなかったし、子供も、いませんでしたね。それに、皆さんとも付き合いは、なかったんでしょう。事件の直後、皆さんに質問したら、千賀さんが何をしていたか誰も知らなかった。そんな千賀さんを、どうして同窓会に誘ったのか。誰が、誘ったんですか？」

と、十津川が聞いた。

「それなんですけど、事件の後、誰が誘ったのか我々も、わからなくて、お互い疑心暗鬼になっていたんですが、どうやら京都にいた西野京子が、誘ったらしいのです。彼女自身は、自分は誘っていないと、いっていましたけどね。彼女は交際が広いし、何といっても京都にいて、自分も上京する、せっかくの機会だからといえば、誘いやすい。彼女が誘ったに違いないんですが、今になっても彼女は、誘ったのは自分ではないといっています」

「沢田さんに聞きたいんですが、沢田さんは西野京子さんと同棲したことがあったと仰っていましたね？」

十津川が聞いた。

「ええ。大学時代三カ月間だけですが、一緒に生活してました。しかし、大学を卒業した後は、あまり、連絡はありませんでしたね。皆、東京周辺に住んでいて、彼女だけが、京都に住んでいましたから。自然に会うことが少なくなっていたんです。だから、千賀洋がどんな生活をしていたのかわからないように、西野京子が、京都の石塀小路で、料亭旅館をやっているのは知っていましたが、どんな様子だったのか、誰と付き合っていたのか、そうしたことは、わかりませんでした。彼女は美人で、京都生まれの京都育ちですから、みんなが彼女には一目置いていましたけどね。京都の女性はちょっと怖いですから」

といって、沢田は笑った。

「十年前にも、我々は、皆さん全員を調べました。もちろん、西野京子さんについてもです」

「それで、彼女について何がわかったんですか？」

「沢田さんとの同棲生活、といってもこれは大学時代ですね」

「そうですよ」

「彼女は東京の大学を卒業後京都に戻り、あの料亭旅館を経営してきたんですが、かなり派手な男性経験を、持っているのがわかりました。生け花の家元、一条さんとの付き合いもあるらしいし、他にも現在までに何人かの男性がいたようなんですが、京都という所は、そういう問題についてはいやに口が堅いので、はっきりしたことがわかりませんでした。もう一つ、西野京子さんは研究熱心で特に料理については、研究したり、実際にその料理の専門店に入って、勉強したりしているのです。それでもはっきりしなかったのが、西野京子さんと、ふぐ料理の関係なんですよ。例のふぐ事件の前ですが、西野京子さんは一年ほど、九州にいたことがあるんです。彼女自身は、九州の土地柄が気に入ったので一年間、九州に住んでいたといっていますが、どうも男性と一緒に住んでいたらしい。ただし、その男性がどうにもわからなくて。九州の男性ではなくて、大学の同窓生ではないか。その同窓生が、九州に移り住んだので、西野京子さんも一緒に、九州に行ったのではないか。そんなようにも、考えられるのですが、どうにもはっきりしません。ひょっとすると十年前のふぐ中毒で亡くなった千賀洋さんと、九州で生活していたことがあったんじゃないか。そんな風にも考えてしまうんです」

と、三浦がいった。

「十津川さんの話を聞いてると、何だか西野京子が、十年前のふぐ中毒騒ぎの時、千賀洋を殺したのではないか。そんな風に聞こえますが」

と、十津川はいった。

「とにかく十年間こつこつ調べてきました。その中で、どうしても疑問が消えないのは、西野京子さんなんですよ」

「しかしですね」

と、沢田がいい返す。

「西野京子と、少しの間、暮らしていた男がいて、その男が死んだら、西野京子が犯人じゃないかと疑われる。それってあまりにも短絡的じゃありませんか。もし、そういう仮説が成り立つと私も大学時代三カ月間彼女と、同棲していましたから、私だって彼女に狙われることになってしまいますよ」

「いや、大学時代については、考えていません。問題は大学を卒業した後です。ふぐ中毒事件の時には、大学卒業後、三十年近く経っていましたからね。その間に、皆さん、様々な苦労をしてきて、大学時代の彼、或いは彼女では、なくなっていた。そのことが十年前の事件を引き起こしたのではないかと、我々は考えているんです」

と、いってから、十津川は、続けて、

「西野京子さんが陰陽師の家系なんだと、そう、いわれましたね。これは、本当ですか？」

「先ほどもいいましたが、西野家というのは平安時代、陰陽師で、宮廷に仕えて天文や気候変動などを占っていた。その子孫ですからね。今の彼女からはあまり想像できない気がするんですが、陰陽師・陰陽道には、色々と縁が深いことを、今度知りました。その陰陽道との関わりを示す、印も家のあちこちに見られましたから」

と、沢田がいった。

「陰陽道で人を殺せますかね？」

突然、亀井が、聞いた。沢田と、三浦が笑った。

「平安時代なら可能かもしれませんが、現代では無理でしょう」

「しかし、西野京子さんは、実は陰陽道に凝っているんでしょう？」

「そうだと思いますよ。あの料亭の玄関の上の方に例の星のマークが描かれていましたからね。たぶん、自分の先祖が陰陽師として宮廷に仕えていた。そのことを、壁に描かれた星のマークで示しているんじゃありませんか。西野京子は美人で頭が良くて、魅力のある女性ですが、どこかわからない所がありますよね。それがまた彼女の魅力なんですが」

と、沢田がいった。

列車は、静岡を過ぎた。あと一時間位で東京に着いてしまう。それまでに、十津川は、まだ、聞きたいことがあった。

「十年前、皆さん、東京の料亭で、ふぐ中毒になり、救急車で病院に運ばれた。亡くなった千賀さんも、いったん、病院に運ばれたんでしたね？」

「そうです」

「病院の中では、病室は、どんな風に分かれていたんですか？」

「それは、あなたがよく知っているでしょう？　連日、事情聴取に来ていたんだから」

「改めて聞くことで、お二人の記憶が甦えってくるかもしれませんからね」

と、十津川は、いった。

「そんなことがありますかね」

と、沢田は、いってから、

「死んだ千賀は、最初から、一人用の個室に入っていましたよ。二人の女性も、一人ずつの個室ですが、われわれ三人の男たちは、最初は、四人部屋で、一つベッドが空いていました。三日目から、男も個室になりました」

「担当したのは、木暮という医師でしたね？」

「ふぐ中毒に詳しい医師は、その人だけでしたから」

「看護師は、二人？」

「そうです」

「もう一人、看護師見習いの学生が、いたでしょう？　皆さんは、学生さんと呼んでいたらしいが」

「そうです。まだ若くて、可愛らしかったので、学生さんと呼んでいました。確か十八歳だった。その学生さんが、柏原香織さんだとは、驚きましたよ」

「二人の看護師は、定期的に皆さんの体温、血圧などを計った」

「それに、シャワーの準備もしてくれましたよ」

「学生さんは、何をしていたんですか？」

「雑用を、やってくれていましたよ。私たちが動けない頃は、病院内のコンビニに行って必要なものを買って来てくれたり、朝食の前に、熱いタオルを配ってくれたり、郵便を出しに行ってくれたり――」

「いろいろ頼んでいたんですね？」

「医師や、看護師さんには頼めないようなことを頼んでいましたよ。そうだ。三浦だったかな。図々しく、肩をもんで貰ったりしてましたね。そんなことも、笑顔で、やってくれました」

「では、彼女とおしゃべりをしたことも、あったんですか？」

「医師や看護師とは、治療に関係ないことは、喋れないじゃありませんか。その点、学生さんは、まだ、看護師じゃないし、可愛らしい少女でしたからね。家のことや、バカ話も、平気でしてましたよ」

と、沢田が、いう。

「学生さんには、平気で、いろいろ喋れたわけですね」

「そうですよ。国家試験に合格したら、何処の病院に行くことになるかわからないんですから。それに、五十歳の私たちから見れば、娘みたいですからね」

「男三人の大部屋の時ですが、女性二人の悪口なんかも、いっていたんじゃありませんか？　入院していると、時間を持て余しますから」

十津川がいうと、沢田と三浦は、顔を見合せて、ニヤッとした。

「そうですよ。三人で、女二人の悪口を、あきずにいってましたね。それが、けっこう楽しいんですよ」

と、三浦がいうと、沢田も、

「三浦なんか、彼女に肩をもんで貰いながら女二人の悪口を、喋っていたよな。二人に聞かれたら、殺されるなんていいながらですよ」

「京都で亡くなられた長谷川さんもですか？」

「もちろん。のってくると、三人でまるで競争みたいになるんですよ」

と、三浦がいう。

「それを学生さんが、聞いている時もあったんですね？」

十津川がきくと、二人の男は、一瞬、「えッ？」という表情になった。

「そうですよ。学生さんが、部屋にいても平気で、二人の悪口をいってましたねえ」

「女性は、西野京子さんと、金子伸子さんでしたね？」

「そうです」

「悪口は、片方だけじゃなく、二人についていっていたわけですか？」

「そうですよ。二人の悪口を、いってましたよ。ほめるより、けなす方が楽しいですから」

「面白がって？」

「そうです」

「あること、ないこと？」

「まあ、そうです。いっておきますが、軽い気分で、冗談でいってるんですよ。本気じゃないし、冗談だから楽しいんです」

「今も聞きましたがそれを学生さんが、聞いていることも、あったんでしょう？」

十津川は確認するように、もう一度、聞いた。

「そうです。学生さんは、全く警戒しませんでしたね」

「女性二人は、最初は、個室だったんですね？」

「そうです」

「学生さんは、二人の女性の世話もしていたわけでしょう？」

「ええ。もちろん」

「二人が、何を話しているか、男の方も、学生さんに、聞いたりしていたんじゃありませんか？」

「そりゃあ、あの二人が、何を話しているか興味がありますからね」

「学生さんは、話してくれましたか？」

「うーん。こっちが頼み込むと、話してくれましたよ。こっちは、内緒で、お小遣いをあげたりしてね」

「それなら、女性二人の方も、学生さんに皆さんがどんなことを話しているか、聞いたと思いますよ。学生さんに、同じように、小遣いをあげていたかも知れませんね」

「まずい――ですね」

「あの時、何を話したかな」

と、二人の男は、急に、元気がなくなってしまった。

「二人の女性ですが、等分に悪口をいってたんですか？　それとも、片方の女性の方について、強く悪くいってましたか？」

と、十津川がきいた。

二人は、また、顔を見合せてから、

「西野京子の悪口の方が、楽しかったな」

と、三浦が、いった。

「どうしてですか？」

「二人とも、あのときは、四十九歳だった筈ですが、金子伸子の方は、中年そのものの感じでしたが、西野京子の方は、若々しくて、やっぱり美人でしたからね」

と三浦が、いう。

「そういう時、どちらの悪口をいうことになるんですか？」

「西野京子の方です」

「美人で、魅力的なのにですか？」

「魅力のない女性の悪口をいったって、面白くもないし、つまらないですよ。その点、美人で魅力的な女性の悪口をいう方が、楽しいじゃないですか。大げさにいえば、悪口をいって、相手を犯しているような気分になる。それなら、相手が、美人なほど、楽しいでしょう」

「あなたもですか？」

と、十津川は、沢田に振って、

「あなたは、三カ月間、西野京子さんと同棲していたんでしょう。それでも、彼女の悪口は楽しかったですか？」

「同棲したのは、学生時代ですよ。成熟した西野京子は、全くの別人です。その差に腹が立って、あることないこと、悪口をいいまくりましたよ」

「なるほど、そういうものですか？」

「そういうものです」

「途中から、皆さん個室に移りましたよね。それでも、悪口の楽しみは止めなかったんですか？」

と、十津川がきいた。

「なにしろ、後半は、念のための入院で、退屈でしたから、他の個室か談話室に集って、おしゃべりを続けていましたよ。悪口もね」

「女性二人も、同じでしたか？」

「二人は、最初から個室に入ってましたが、多分、退屈だから、同じように、お互いの部屋に行って、おしゃべりをしていた筈ですよ。それに、男の悪口もね」

「少しずつ、わかってきましたよ」

と、間を置いて、十津川がいった。

「何がですか？」

「十年前のふぐ中毒事件のあと、五人で会ったりしていたんですか？」

「それが、退院したあと、会わなくなりましたね。それぞれの家庭があったし、特に西野京子は京都でしたからね。当時の夫の葬儀の時が最後でした。今年になって、実に、十年ぶりに会ったんです」

「そんなもんでしょうね」

と、十津川がいった。

列車は、まもなく、終着の東京に着く。

「さっき、十津川さんは、少しずつわかってきたと、いいましたね。何がわかってきたんですか？」

と、沢田が、きく。

「それは、はっきりしたら、お知らせするのでその時には、皆さん、集まって下さい。それまで住所を変えないように」

十津川が、いった時、列車は、東京駅のホームに滑り込んだ。

十津川と、亀井は、沢田と三浦を見送ってから、東京駅の中のカフェに入った。二人と話し合っている時の気分を、しばらく、持続させたかったのだ。

「カメさんは、ずっと、黙っていたね？」

と、十津川が、いった。

「沢田と三浦の顔を、ずっと見ていたんです。なかなか面白かったですよ。二人は、最初のうち、楽しそうに話していましたが、途中から、おかしくなっていきました。警部が、少しずつわかってきたといったあとは、不安気に、警部を見ていましたよ。不安なまま、家に帰ったんじゃありませんか」

と、亀井が、いう。

「そうなって、欲しいんだ」

と、十津川はコーヒーをゆっくりと、飲んだ。

十津川は、考えていた。

やはり、十年前の死亡事件は、殺人ではなく、原因不明のふぐ中毒かも知れない。

しかし、それが原因で、仲間の一人が死亡し、五人が、十日間、病院に閉じ込められた。

そこで退屈のあまり、男たちは、女二人の悪口をいい、女は男三人の悪口をいった。

もっとも狙われたのは、美人の西野京子だった。美しいものを傷つけたがるのは、人間の本性なのだ。三浦がいうように、西野京子を犯すような快感が、あったのかもしれない。
(だが、十年前だ)
多分、男たちは、自分の口にした悪口がいかに相手を傷つけたか忘れてしまってい
ただろう。
しかし、忘れない人間がいた。
西野京子だ。
なぜ、彼女は、忘れなかったのか?　忘れないどころか、その言葉は、倍にも、三
倍にも、増幅された。
(何故か?)
増幅する機会があったのだ。
それが、十年前の「学生」だ。
彼女は、その後、国家試験に合格し、正看護師になった。
事情は分からないが、京都の病院に勤めることになったに違いない。そして、柏原
香織は、西野京子に会った。
その時、十年前に聞いた西野京子に対する男たちの悪口を、柏原香織は、増幅して
彼女に聞かせた。根気よく、大げさにである。

そして、西野京子の胸の中で、三人の男と金子伸子に対する怒り、というより憎しみが、次第に大きくなっていった。やがて殺人も考えるようになり、長谷川や金子伸子の死につながっていったのかもしれない。

あの時十八歳、今二十八歳の柏原香織が、連続殺人を計画した悪魔なのか？

（この想像は、正しいのか、それとも、私の勝手な妄想なのか）

明日から、西野京子と、柏原香織を、じっくり調べあげていかなければならない。

「そろそろ、帰ろうか」

と、十津川は、亀井に声をかけた。

第七章　古都と現代の京都と

1

十津川は、事件を、柏原香織《かしわばらかおり》の立場から、見直してみることにした。

西野京子《にしのきょうこ》をはじめ、五人全員が、初めて、京都で香織に会ったと思っていた。

五人が、京都鉄道博物館に行った時、三浦正之《みうらまさゆき》が持病の糖尿病で倒れ、たまたま、看護師の資格を持つ香織が現場にいて、手当てをしてくれたという。その後、京子が彼女を、料亭兼旅館の自宅に住まわせたのだという。

ところが、調べていくと、十年前に、五人ともう一人の六人が、東京で同窓会を開いた時、全員が、ふぐ中毒にかかって、K病院に入院、一人が死亡した。この時、彼等の世話をしたのは、看護師二人だが、もう一人、まだ学生で、看護師の国家試験を受ける前の柏原香織が、それを手伝っていることがわかった。

もちろん、十年も前のことである。その時、十八歳の香織は、正式の看護師ではなく、学生だったから、十年後の今日、正看護師になった彼女を見て、気がつかなかったということは、あり得ない話ではない。

しかし、香織は、その後、五人と一緒に京子の旅館に泊っているのである。当然、十年前のふぐ料理のことだって話題にのぼるだろう。「ああ、あの時の看護師見習いさんか」と、昔話になる筈なのだ。

それなのに、なぜか、香織と五人の間で、昔話に花が咲いたという話も聞こえて来ない。

そこがおかしいと、十津川は、思うのだ。

五人から、十年前の話を聞くことが出来ないので、十津川は、香織の側からこの十年間を調べてみる気になったのである。

彼女の十年間を追跡するのは、意外に易しかった。その後、国家試験に合格していて、正式な看護師として働いていたからである。

十年前、ふぐ中毒で東京のK病院に入院した五人の世話をした香織は、その後、国家試験に合格し、最初に勤務したのは、東京ではなく、京都の病院だった。ここに、二年間勤務したが、五人と接触した様子はない。

二年後、香織は、東京三鷹の病院に移る。京都と同系統の病院である。

この病院の外来と、入院の患者を調べていくと、五人の一人、三浦正之が交通事故で十日間入院していることがわかった。

この事故を調べてみると、甲州街道を新宿から府中方面に向かって、車を走らせていて、調布市内で、事故に遭っていたことがわかった。

この時、三浦は、走行中に不運にも車輪がパンクし、車体がぶれた。そこで、後を走っていたトラックに、衝突されてしまったのである。

車の右側面をけずられた。同乗者の妻は、何ともなかったが、運転席の三浦は、右の手足の打撲傷で、救急車で、三鷹の病院に運ばれ、十日間、入院している。

この病院には、看護師の香織がいて、十津川たちの捜査では、三浦の世話をしている。

当然、二人は、ふぐ中毒のことを思い出して、その時のことを話題にしたと思われるのに、三浦に聞いても、気が付かなかったという。香織の方もである。

しかし、この時、十日間入院したあと、三浦は自宅に帰らず、通院しなければならないという理由で、病院の近くに、マンションを借りているのだ。

ほぼ一カ月間、三浦は、このマンションから病院通いをしている。

このマンションの管理人に話を聞くと、二十代の若い女性が時々、来ていて、泊っていったこともあるという。

その管理人に、写真で確認すると、間違いなく、香織だった。

香織の方は、独身だが、三浦には、妻子がいるから不倫である。

「省庁というのは過剰にストレスがかかるところですから、二十代の若い女性に出会って、夢中になったのかも知れません」

と、北条早苗《ほうじょうさなえ》刑事は、同情的にいったが、

「香織の方はどうだったんだ？」

と、男の刑事の方は、批判的だった。

三浦は、当時は事務次官も狙えるという国家公務員で、家柄もいい。そんなエリートに惚れたのかも知れない。

しかし、更に調べていくと、妻と離婚する以前から三浦は、夜ごとネオン街に出没していたこともわかった。

「問題は、そのマンションを引き払ったあとだな。香織とずっと続いていたのか？」

と、十津川がきいた。

「それが、おかしいのです」

「何が、おかしいんだ？」

「六カ月後、香織が、自殺を図っているんです」

「原因は、三浦か？」

「そうとしか考えられません。この事件を扱った三浦の弁護士に話を聞きました」

と、早苗が、いう。

「何故、弁護士なんだ？」

「香織の両親が、三浦を、訴えそうになったからのようです」

「結局、訴えなかったのか？」

「三浦は、慰謝料を払っています。金額は、五百万円。香織は、その金を使って、アメリカに、一年間行っています。勉強のためというより、傷ついた心を癒やすためだったようです」

「その後、二人はどうなったんだ？」

「帰国し、香織は今度は、京都の病院に戻りました。それでも彼女は、三浦が、いつか結婚してくれるものと、信じていたようです」

「しかし、慰謝料は、受け取っているんだろう？」

「そうですね。弁護士の話では、三浦はずっと、妻とは離婚して、若い香織と再婚したいと。しかし、省内での出世のためには、上司の紹介で結婚した妻を捨てるわけにもいかず、悩んでいたといいます」

「香織の方は、ひたすら、三浦との結婚を願っていたのか？」

「当時は、そうだったようです」

「アメリカから帰った香織は、京都の病院に勤務になったんだろう？　三浦との関係はどうなったんだ？」

「三浦自身に、変化がありました。彼は結局、妻と離婚し、それが原因だったかはわかりませんが、省内での出世が頭打ちで、まずは地方からの政界進出を考えていたようです。実際に地元の有力者へ向け、出馬への準備も着々と進めていた。そうなると、私生活も注目されますから、以前、不倫の関係にあった、若い香織との再婚は、すぐには難しくなってきます」

「香織の方は、逆だろうね？」

「と思いますが、現在の香織は、質問してもノー・アンサーです」

「京都の病院に来てから、彼女は、五人の誰かと、会っているのか？　今年になって、五人に会ったのは、わかっているが」

「京子は、何回か、その病院に行っていますから、香織と会っていることは、確かだと思っています。香織の同僚の看護師は、彼女が悩みを聞いてくれる人が出来たと、話していたと証言しています」

「それなら、京子が、全面的に、香織の話し相手になってやっているということかね？」

十津川が、きく。

北条早苗刑事は、

「それがですね。京子の方にも、問題があって、香織の相談相手にばかりなってはいられないみたいです」

と、いう。

「その話も、聞きたいね。京子の悩みのタネは、生け花の家元・一条花生《いちじょうかしょう》か？」

「そうですね。京子が、夫との死別後、ずっと独身を通しているのも、一条花生のことがあると、多くの京都人がいっています」

「一条花生には、奥さんがいるだろう？」

「偉い政治家の娘さんですよ。出戻りの女性で、それをわざわざ、家元の花生が貰ったんです。いや、一条家の人たちが、押しつけたんです。花生は、四十歳の時に、最初の奥さんを病気で亡くしていますから」

「なぜ、そんなことになっているんだ？　政略結婚じゃないか？」

「そうです。京都の人たちは、みんな、政略結婚だと思っています。税金対策だという人もいます」

「家元制度というのは、もともと、税金問題が難しいんだろう？」

「そうです。収入が把握しにくいし、毎年税務署と、もめますから」

「偉い政治家の娘を、後妻に貰えば、税務署の追及が、かわせるか？」

「そうですね。従って、家元の花生は、本当の愛情は、その後妻には持てなかったということです」

「そこに、家元が、本当に愛している女性がいたということか？」

「そうです」

「それが、西野京子ということか？」

十津川が、早苗を睨むと、

「そうです。京子です」

と、早苗が、肯いた。

「家元の息子の要《かなめ》が、死んでいる。殺されているが、この事件について、京都府警は、どう見ているんだ？」

「京都では、警察の見方より、市民の見方の方が重大らしいですよ。一条流の将来がかかっていますから」

と、早苗が、いう。

「一条要は、一条流について、どう思っていたんだ？　それが、殺された理由なんだろう？」

「家元の家族の中には、家元制度に批判的な人間が、出てくるものだそうです。死んだ要も、そうだといわれています。花生のあとを継ぐことを、拒否していましたから」

「京子と、何らかの関係があるのかね？」

「家元の花生は、ひそかに、息子の要に家元の座を譲り、京子と二人で、外国に逃げようと思っていた節もあります」

「外国？」

「そうです。日本にいる限り、一条家の重石がとれませんから、昔からの友人には、スイスにでも、京子と逃げたい。そのために、スイス銀行に、ひそかに預金をしているんだと、話したことがあるそうです」

「家元の周辺は、そんなことは、許さないだろう？」

「許しませんね、そんな家元の個人的な願いよりも、歴史ある一条家を守ることの方が、大事ですから」

「それで、一条要殺しの犯人は、誰だと見ているんだ？」

「一条花生と見ている人もいます。要は、父親の女性関係にも、批判的でした。京子との関係は特にです」

と、早苗が、いった。

「それで、今の状況は、どうなっているんだ？」

「花生は、周囲からの重圧に苦しんでいる。京子も、花生を愛しながら、批判されている。今年の夏にも、二人を批判する街宣車が、京都の町を走り廻ったそうですから」

と、早苗は、いう。

「二人は、時々、会っているのか？　南座で会ったことが、週刊誌に出ていたが」

と、十津川が、きいた。

「嵯峨野に一条家の山荘があります。家元の花生が、新しく建てたものです。そこで、二人が、時々、会っているらしいとは聞いています」

「二人の関係は、どうなりそうなんだ？」

「わかりません。一条家の関係者は、誰も彼も、反対で、花生には、京子との関係を切れと、いっています。あのままでは、一条家を守るために、京子が殺されかねません」

と、早苗が、いった。

そして、事件が、起きた。

2

十月二十二日の時代祭の前日だった。

午後九時五分に、嵯峨野警察署に、男の声で電話が入った。

「小倉山の麓にある一条家の山荘を調べて下さい。一条流の家元と、女性が入ったまま、出てくる気配がありません」

と、いうのである。

電話を受けた署員は、

「おかしな電話だな」

と、思ったが、一条流の家元といえば、京都では有名人である。そこで、

「あなたは？」

と、きくと、

「今、山荘の近くにいます。名前は、三浦正之です。国土交通省に籍を置いている、国家公務員です」

と、男が、いう。

署員は、その名前に、記憶があった。

十日ほど前の週刊誌に出ていた名前だった。

確か、官僚の天下りや政界への進出を批判的に特集した記事で、名前が出ていたのだ。

「とにかく、嵯峨野の山荘へ行ってみます」

と、署員は答え、署長に報告してから、二人で、パトカーで、出かけた。

嵯峨野の中心に近い場所に、その山荘はあった。純和風の真新しい建物である。

パトカーをおりて、二人の署員は、山荘に近づいて行った。

ひっそりと、静かである。

中から明りがもれているが、物音がしない。

山荘の前には、白いベンツが、停っていた。

が、門は、閉ったままである。

その時、山荘の奥の竹やぶから、男が、顔を上気させ息をはずませながら、出て来て、

「嵯峨野署の人ですか?」

と、きいた。

「電話を下さった方ですか?」

「そうです。三浦です。女性と一緒に、車で来たんですが、彼女が中に入って、出て来ないんですよ。それで気になって」

と、いう。

「ここが、一条流家元の山荘だということはご存知だったんですか?」

「一緒に来た女性から聞いています」

「その女性の名前は?」

「西野京子。石塀小路で、料亭兼旅館をやっています。大学の同窓生です」

その名前にも、署員は、二人とも、覚えがあった。

「とにかく、入ってみましょう」

と、一人が、いい、パトカーから、バールを持ち出した。

門の錠をこわし、玄関の格子をこじあけて、三人は、中に入った。

一階の広間。

その真ん中に、大きな生け花が飾られ、その前で、二人の男女が倒れていた。

二人とも、着物姿だった。王朝風の晴れ着だった。

テーブルの上には、日本酒の徳利が二つ、そして、杯も二つ。それが、きちんと並べてあった。

かすかに、青酸の匂いがした。

二人の署員は、倒れている男女の脈を診てから、首を小さく横に振った。

そのあと、静かだった山荘の周辺は急に、騒々しくなった。

捜査が、始まったのだ。

最初は、心中、他殺の両面からの捜査だったが、途中から、心中一本になった。筆で書かれた遺書が、発見されたからである。

山荘の奥に、茶室があり、そこから、発見されたのである。

遺書は、二通だった。

一条花生のものと、西野京子のものだった。

おさわがせして申しわけない。これ以上、迷惑をかけたくないので、自分なりに、結着をつけることにしました。全ての責任は、私にあります。

一条花生

これまでの人生で、私もいろいろと罪を犯してきました。

このたび、家元が、この形で結着をつけたいとおっしゃるので、喜んで、それに従うことにしました。死ぬことが、喜びだと初めて知りました。

西野京子

司法解剖の結果、死亡推定時刻は、十月二十一日の午後八時から九時となった。

嵯峨野警察署に、電話した三浦正之の証言もあった。

「京都で仕事があり、そのついでに大学の同窓である、石塀小路の西野京子の旅館に寄ったんです。ところが、午後七時頃、盛装した京子が、急に出かけるというので、心配になって、無理矢理、車に乗せて貰いました。そうしたら、嵯峨野の一条家の山荘に来ました。それで、ほっとしたのですが、今度は、静かなのが、気になりました。

家元と京子の噂も聞いていましたから。それで、心配になって、警察に電話したのです」

これが、三浦の証言だった。

この心中事件は、大きなニュースになった。

テレビ、新聞が、報じた。

そして、もう一つの殺人事件が、こちらは、新聞に小さくのった。

下鴨神社の糺《ただす》の森で、女性が、一人死んでいた。被害者は看護師の柏原香織さん（二八）とみられている。彼女は後頭部を殴られ、首を絞められて死んでいた。警察は、殺人事件として、捜査を始めた。

この糺の森は五月の流鏑馬《やぶさめ》神事で知られ、原生林が広がっている。

こちらも、司法解剖が行われ、死亡推定時刻は、十月二十一日の午後八時から九時の間となった。

十津川は、何となく、「やられた」と思った。

問題の五人と、一条流のことを調べていたのを、機先を制された感じがしたのである。

京都府警は、嵯峨野で起きた心中事件は、糺の森で起きた殺人事件と、関係のない別の事件と見ていたが、十津川は、関係のある事件と見ていた。

容疑者は、三浦正之である。

「この線で、われわれは、調べる」

と、集った部下の刑事たちに、十津川は、いった。

「動機の一つとして、三浦が、近く、政界への進出を狙っていることがあると私は、思っている。それで、三浦は、保身を考えたんだ。女性問題は、命取りになりかねない。柏原香織が、彼にとっての危険人物だ。それで、糺の森に呼び出して、殺したのではないかと、私は思っている」

刑事たちは、その十津川の意を受けて、聞き込みに走った。捜査の主役は、京都府警だったからである。

日下《くさか》と北条早苗の二人は、嵯峨野で起きた心中事件に、当った。

二人の死は、間違いなく、心中だった。

「追いつめられての心中」

と、いうのが、京都府警の見方だった。

担当する原田警部が、日下と早苗に説明した。

「二人とも、周囲に、もらしていたそうです。死も考えていると」

「死ぬことで、清算したわけですか？」

と、日下がきいた。

「ここに来て、息子の一条要の死にも、家元が、関係していたらしいことがわかってきた。自分の苦しみを、一人息子がわかってくれないことに、かっとして、殺したのではないかというわけです」

「それで、西野京子と心中ですか？」

「そうです。追いつめられての決心でしょうね」

「それで、これから、一条流はどうなるんですか？」

早苗がきくと、原田は、笑って、

「別に、どうもなりませんよ。早々と奥さんが家元になったと発表していますからね」

「そんなものですか？」

「京都では、人の生死より、家元制度を守ることの方が、大事ですから」

「心中で、何か、疑問は出ていませんか？」

と、日下が、きいた。

「そうですね。二人とも盛装で死んでいたんですが、西野京子の着物の袖から、小石が十二、三粒、発見されました」

と、原田が、いう。

「小石ですか？　宝石じゃないんですか？」

「いや、どこにでも落ちている小石です」

「どうして、小石が、着物の袖に入っていたんですか？」

「わかりません。奇妙ではありますが、心中という判断には、変りはありませんから」

と、原田は、いった。

糺の森の殺人事件は、京都府警の中原警部が、担当していた。

十津川は、亀井と、三田村《みたむら》の二人に、話を聞きに行かせた。

今日は、時代祭の当日である。

亀井たちは、所轄の警察署の中で、話を聞いたのだが、時代祭の音が、聞こえてきた。

時代祭は、葵祭と祇園祭と並ぶ京都の三大祭である。

「容疑者は、わかりましたか？」

「どうやら、物盗りの犯行のようです。財布が無くなっていましたから」

と、中原が、いった。

「犯行時刻は、昨日の午後八時から九時と聞きました。そんな遅い時刻に、被害者は、何故、糺の森に入ったんでしょうか？」

「その辺のところは、わかりませんが、被害者は、市内の病院の看護師で、二十八歳です。誰かと、糺の森でデイトだったたんじゃありませんか」

「被害者が、嵯峨野で、心中事件を起こした西野京子の旅館に、泊っていたことは、ご存知ですか？」

と、逆に、亀井が、きいた。

「それも、聞いています。が、二つの事件は関係ないと思っています。状況が違いますし、場所が離れていますから」

それが、中原警部の返事だった。

その話を受けて、十津川は、京都の地図を広げてみた。

確かに、北の糺の森と、西の嵯峨野は、離れている。

しかし、京都は狭い町である。よくいわれるのは、京都では車を飛ばせば、端から端まで、あっという間に行けてしまうということである。それに、午後八時から九時という夜間である。時代祭当日なら、夜も賑やかだろうが、前日の夜である。

「柏原香織殺しの容疑者を、三浦正之として、アリバイは、どうなってるんだ？」

と、十津川が、きいた。

「同時刻に、西野京子の車に乗って、嵯峨野に向っています。車は、山荘に着き、彼女は、中に入って行ったが、様子がおかしいので、三浦は、一一〇番しています。その時刻は、九時五分です。その結果、一条花生と京子の心中がわかりました」

と、亀井が、いう。

「つまり、京子の車に乗って嵯峨野に行ったというのが、アリバイか？」

「そうです」

「車に同乗していたという証拠は、ないんだろう？」

「乗っていなかったという証拠もありません」

「しかし、西野京子は、死んでしまっている」

「そうです。それが、三浦の強いところでもあり、弱いところでもあります」

「もう一つあるぞ」

と、十津川が、いった。

「三浦が、彼女の車に乗っていなかったとすれば、彼女が、一条花生と心中することを予想していたことになる。どうして、予想できたかだ」

「二人の噂は広がっていましたし、いつもと違う晴れ着を着ていたこと、それに、行先が、嵯峨野の一条花生の山荘となれば、心中を予想したとしても、不思議はありません」

と、亀井がいい、他の刑事たちも、肯いた。

「三浦も、せっぱつまっていたんだと思います」

と、三田村が、いった。

「警部がいわれたように、三浦は、政界進出の野心に燃えていました。こんな時に、スキャンダルは、何よりも、避ける必要がありました。三浦としては、一刻も早く、香織の口を封じたかったと思いますね」

「動機はわかったが、証拠はなしか」

「一度、三浦を、呼んで話を聞きますか？」

「三浦の周辺で死んだ二人、長谷川《はせがわ》勝昭《かつあき》と金子《かねこ》伸子《のぶこ》も三浦と香織の秘密を知ったのかも知れんな。三浦は今、何処にいるんだ？」

「西野京子の旅館を出て、現在、京都駅近くのNホテルに入っています」

「それなら、こっちから会いに行こう」

と、十津川は、亀井に、いった。

二人は、Nホテルのロビーで三浦に会った。

三浦は、いやに明るく、余裕のある顔をしていた。柏原香織と、西野京子という二人の危険な証人が、同時に消えてくれたからだろうか。

「また、京都にいらしたんですね？　今回はお仕事か何かですか？」

十津川は、当りさわりのない質問から始めた。

「地方政治に関心のある、京都の方からお招きにあずかりまして」

「先日、新幹線の中で、三浦さんと沢田さんに、色々と伺いましたが、五人の大学の同窓の方々は、鉄道友の会に入って、ずいぶん親しかったわけでしょう。その中の三人まで亡くなっていますよね。それを、現在、どう思っています？」

と、十津川が、きいた。

三浦は、落着いた声で、

「正確にいえば、六人です。その中の一人は、十年前に、ふぐ中毒で死にました。最近になって、長谷川勝昭が死にましたが、あれは、事業の心配と、家庭問題に悩んでの自殺です。金子伸子は、いろいろとプライベートで、悩みを抱えていたんだと思います」

「警察でもそのように処理していますが、西野京子さんは、どうです？」

「彼女は、一番、幸福で華やかな生活を送るものと考えていましたから、こんなことになってびっくりしています。私以上に、かつて西野京子と同棲していた、沢田は驚いているのではないでしょうか」

「一条流の家元との心中ですが、その点はどう考えますか？」

十津川が、きくと、三浦は、ちょっと、間を置いてから、

「私には、京都の古い家元制度というのは、よくわかりません。ただ、華やかな世界に見えていました」

「西野京子さんと、家元との関係は知っていましたか？」

「噂では、聞いていました。しかし、心中するとは思ってもいませんでしたよ。ばくぜんと、彼女が、家元夫人になったら、おめでとうといおうと思っていたんですが」

と、微笑した。

（嘘だな）

と、十津川は、思った。三浦は一条花生も、京子も、追いつめられていることを、

知っていて、利用したのだ。

「あの日、彼女の車に乗って、あなたは、何処へ行くつもりだったんですか？」

「もちろん、盛装して出かける西野が心配で車に乗せてもらったんですが、彼女には嵐山と嵯峨野に行くからと伝えて、納得してもらいました。何もなければ、向こうで湯豆腐でも食べようかと思ったのです。少しおそい時間ですが、仕事もうまくいきましたし、まだ湯豆腐を食べていなかったので」

「それで、嵯峨野まで、乗せて貰った。その間に、何か感じませんでしたか？」

「山荘の前で、おろして貰ってから、ますます心配になってきたんです。こんな時間に、家元の山荘にひとりでやって来た。晴れ着も着ている。それで、だいぶ迷ってから、警察に電話したんです」

「同じ日の同じ頃に糺の森で、柏原香織さんが、殺されています。そのことは、どう思います？」

「どう思うといわれても困りますね。私とは全く関係のないことで、物盗りの犯行だと、地元の警察もいっていますから」

と、三浦は、いった。

「彼女のことは、どう思っていましたか？」

「別に、どうとも」

「しかし、十年前のふぐ事件の時から、知っていたわけでしょう？」

「そうですが、ずっと、つき合っていたわけじゃありませんよ。今回は、十年ぶりに、偶然会ったわけですから。十年前の看護師見習いと気がついた人はいなかったんですから」

「あなたは、すぐ、分かったんじゃないですか？」

「どうして、そう思うんですか？」

「東京でも、三鷹の病院に交通事故で入院した時、彼女と、会っていた筈ですから」

と、亀井が、いった。

一瞬、三浦は、迷っているようだったが、

「そうでした。交通事故で入院したとき、彼女が看護師で、病院にいました。ただ、あの時は、彼女の方から、私に近づいてきたんですよ。地方から出てきて、一人前の看護師になるために勉強していた。多分、寂しかったんでしょうね。それで、たまたま再会した私に、頼ったんでしょうね。そんな風に思っています」

と、いう。

「そのあと、あなたは、彼女に五百万という慰謝料を払っていますね。その金で、彼女は、アメリカに行っている」

十津川が、いうと、三浦は、また一瞬、黙ってしまったが、

「あれは、ちょっと、違うんです」

「どう違うんですか？」

「あの時、彼女は、日本の医療に疑問を持って、アメリカで、最新の医療を見てきたいといっていたんです。私は、医者ばかりが、行くのではなくて、看護師も勉強に行くことに賛成だったので、少し無理をして、渡航費とアメリカでの生活費を差しあげました。だから、あれは慰謝料じゃないんです」

話の途中から、三浦は、笑顔になっていた。

「もう一度、西野京子さんのことを、聞きたいんですが、あなたから見て、どんな女性でした？」

と、十津川が、改めてきいた。

「そうですねえ」

と、三浦は、ちょっと、余裕を見せて、

「大学時代は、ミス・キャンパスで頭もよくて、みんなに注目されていましたよ」

「恋心を抱いたりもした？」

「それは、もう止めて下さい。大人になってからが大事ですから」

「五人の中では、唯一の京都人でしたね。そのことは、意識していましたか？」

「それは、意識しますよ。よく、いうでしょう。日本には、日本人と京都人の二種類しかいないって。京都への憧れと、京都人への憧れが重なっていましたからね」

「今でも、京都と、京都人は、好きですか？」

「ええ。もちろん」

と、三浦は、いう。

「しかし、全て好きというわけじゃないでしょう。嫌いなところもあるんじゃありませんか？」

「そりゃあ、ない方が、おかしいでしょう？　完璧な町とか人間なんか、いませんから」

と、三浦が、いう。

（用心しながら、喋っているな）

と、十津川は、感じた。

「となると、亡くなった西野京子さんにも、好きなところと、嫌いなところが、あったわけですね？」

と、十津川が、きく。

「いや。そんなことはありません。彼女の全てが、好きでしたよ」

沢田が、反抗的にいう。

「しかし、あなたも、学生時代に西野さんと同棲されていた沢田さんも、彼女が、平安時代の陰陽道に凝っていることが、よくないと、いっていましたよ」

十津川が、いうと、三浦は、何となく笑って、

「確かに、陰陽道は、よくない。京都の唯一の欠点じゃありませんかね」

と、いう。

「どんなところがですか？」

「確かに、平安時代は、陰陽道に従って、政治が動いてたと思いますよ。当時、最高の科学でしたから。しかし、奇数が吉で、偶数が凶だとしたら、月の半分は、何も出来なくなります。それに、呪文で、世の中を動かしていたら、昔の京都みたいに、町の半分は、地獄になってしまいます」

「しかし、晴明神社は、今も、はやっていますよ」

「遊びなら、構いませんよ。しかし、実生活に使っては、いけません。その町が死んでしまう」

「現在は、政治の力で、世の中が動いているからですか？」

十津川が、いうと、三浦は一瞬、照れた表情になって、

「そうです。京都という町は、古都といいながら、新しいものも受け入れますからね。僕もいつか、こちらの行政にも関わってみたいと思っているんです」

「西野京子さんが、やっていた旅館には、陰陽道のマーク、星が描かれていたそうですね？」

「あれには、びっくりしましたよ。彼女が、陰陽道について、いろいろ研究していても、それはあくまでも、遊びだと思っていましたから」

と、三浦は、いった。

「それは、誰の影響だと思いますか？」

「そうですねえ」

と、三浦は、また、考えて、

「彼女の家系かも知れませんね。それならそれで、立派だと思いますよ。形として、残していけばいいんです。逆にいえば、それが義務かも知れませんから。しかし、今の時代、本気で、信じて実行しては、困るんです。平安時代は、それは科学でしたが、現代では、迷信ですから」

と、断定した。

「つまり、彼女は、本気で、陰陽道を信じていたというわけですか？」

十津川は、わざと、念を押した。

「そうなんですよ。それは注意しようと思っていたのに、あんな形で死んでしまいました。残念で、仕方がありません」

「しかし、あの時も、彼女は、陰陽道を実行した？」

「そうですよ。だから、心中してしまった。残念で、仕方がありません」

と、三浦は、続けた。

「わかりました。京子さんは、京都の女性らしく、陰陽道に生き、陰陽道に死んだというわけですね？」

「その通りです。だから、時代祭の十月二十二日ではなく、前日の二十一日に死んだんだと思いますね」

「どうしてです？」

「陰陽道では、奇数は吉、偶数は凶ですから。十月二十二日は、全て偶数で凶です。二十一日なら、奇数が入る。だから、前日の心中を選んだんだと思いますよ」

「なるほど。気がつきませんでしたね。西野京子さんは、本気で、陰陽道を信じていたんですね」

「そうですよ。そのために、死んでしまったんです」

そういって、三浦は、ロビーを出て行った。

それを見送ってから、亀井が、首をかしげて、十津川に、

「なぜ、あんなことをいったんですか？」

と、きく。

「何のことだね？」

「陰陽道で、奇数は吉、偶数は凶、ということは、警部もよくご存知じゃありませんか。それを聞いて、どうして、あんなに、感心されたんですか？」

と、亀井が、いった。

十津川が、笑った。

「あれは、わざと、三浦に、いわせたんだよ」

「何のためにですか？」

「三浦のアリバイを、崩すためだよ」

と、十津川は、いった。

3

三浦が、東京に帰るという日、十津川は、彼に、嵯峨野署に来て貰った。

京都府警の原田警部と三浦に、話を聞くことにした。

「十月二十一日に、この嵯峨野で、あんな心中事件が起きたなんて、まるで、夢のようですね」

と、十津川が、いうと、三浦は眉をひそめて、

「私は、今日中に、東京に帰らなければならんのです。鳥取と地元の支援者が、いよいよ次の選挙に向けた、パーティを開いてくれることになっているんです。ですから、事件の思い出にふけっている時間は、ないんですよ」

と、いった。

「では、手早くやりましょう。あなたは、心中とされる事件の時、西野京子さんの運転する車に乗せて貰って、嵯峨野まで来たと、いっていましたね？」

「そうです」

「それを証明できますか？」

「彼女が証人だが、死んでしまいましたからね。証明する方法はありませんが、乗せて貰ったんですよ」

「ところが、あなたは、彼女の車に乗っていなかったんです」

と、十津川が、いった。

「乗っていたんです。乗らなかったと証言する人が、いるんですか？」

「それが、いるんですよ」

「誰ですか？」

「西野京子さんです」

「彼女は死んでるんですよ」

「そうです」

「死人が、証言でもするんですか？」

「そうです。証言するんです」

と、十津川は、原田警部を見た。

原田が、ポケットから、ハンカチに包んだものを取り出し、それを三浦の前で広げた。

中に入っていたのは、十数粒の小石だった。

「何ですか？　これは」

と、三浦は、声をとがらせた。

「あなたが、彼女の車に乗っていなかったという証拠です」

と、京都府警の原田が、いった。

「バカにしないで下さいよ。石ころが、喋るんですか？」

「そうです。喋るんです。わかりませんか？」

「わかりませんね」

「そうだ。あなたは、陰陽道を、信じないんでしたね？」

十津川が、いった。

「信じませんよ。迷信だから」

「しかし、西野京子さんは、陰陽道を信じて、実行していたと、あなたは、いった」

「いいましたよ」

「ところで、この小石は、あの日に死んだ京子さんの着物に入っていたんです」

「……」

「彼女は、なぜ、そんなことをしたのか、わかりますか？」

「わかりませんよ。いたずらですか？」

「陰陽道の風習では、袂に、小石を入れておく時があって、それは、大事な意味があるんです。あなたは、それを知っていればよかったのにね」

「その思わせぶりないい方は、不愉快ですよ」

「では、簡単にいいましょう。陰陽道では、死を意味する場所には、亡者に魅入られてしまうので、一人で行ってはいけないと教えているのです。しかし、どうしても、一人で行かなければならない時には、魔除けとして、袂に小石を入れておけと、教えているんです。彼女の着物の袂に小石が入っていたということは、一緒に行く人がいなかった、一人で行ったことを意味しているんですよ。だからあなたは、一緒に行った、彼女の運転する車の助手席に乗せて貰ったといっているが、嘘ですね。あなたが一緒なら、彼女は、着物の袂に、小石を入れておく必要は、ありませんからね。あなたが、これを嘘だというなら、陰陽道に詳しい人を、何人か呼んでいるので、これから、その一人一人に証言させるようにしましょう」

三浦の目に、驚きと後悔の色が浮かんだのを、十津川は見逃さなかった。

文春文庫

京都《きょうと》感傷旅行《センチメンタル・ジャーニー》
十津川警部《とつがわけいぶ》シリーズ

定価はカバーに表示してあります

2020年12月10日　第1刷

著　者　西村京太郎《にしむらきょうたろう》
発行者　花田朋子
発行所　株式会社 文藝春秋

東京都千代田区紀尾井町 3-23　〒102-8008
TEL　03・3265・1211(代)
文藝春秋ホームページ　http://www.bunshun.co.jp

落丁、乱丁本は、お手数ですが小社製作部宛お送り下さい。送料小社負担でお取替致します。

印刷製本・凸版印刷

Printed in Japan
ISBN978-4-16-791608-4